KB069731

오늘은 에세이를 쓰겠습니다

오늘은 에세이를 쓰겠습니다

1판 1쇄 발행 2023.09.09
지은이 가랑비메이커
편집 | 디자인 고애라
발행처 문장과장면들 (979-11) 966454
등록 2019년 02월 21일 (제25100-2019-000005호)
팩스 0504) 314-0120
이메일 sentenceandscenes@gmail.com
인스타그램 instagram.com/sentenceandscenes

세상에 작은 빛을 전하기 위해 책을 만듭니다.
문장과장면들은 우리가 이야기하는 방식입니다.

오늘은 에세이를 쓰겠습니다

가랑비메이커 지음

문장과장면들

에세이는 작가가 머물렀던 공간으로
독자를 초대하는 글입니다.
내가 앉았던 자리에 앉을 수 있도록
내가 벗어둔 옷을 잠시 입을 수 있도록,
그리하여 나의 생각과 감정과 감각까지
공유하는 것이 에세이의 목적입니다.

타인으로 하여금 나를 이해하게 하는
작고 좁은 문, 에세이.

작가 + 편집인 + 글쓰기 강사

가랑비메이커 트리플 노하우,

비기너부터 작가를 위한 책

에세이 실용서『오늘은 에세이를 쓰겠습니다』는 10권의 책을 펴낸 작가이자 편집자, 천여 명의 수강생을 만난 글쓰기 강사로 지내며 쌓은 노하우 집합서입니다.

작가의 삶을 바탕으로 오래 쓰기 위해서는 무엇이 필요한지, 편집자의 시선으로 잘 읽히는 글은 무엇인지, 강사의 경험으로 글을 쓸 때 겪는 실제적인 어려움은 무엇인지. 끊임없는 물음을 던지며 해답을 찾아갔습니다. 에세이를 처음 쓰기로 결심한 이들을 위해 에세이란 무엇인지, 에세이를 쓰는 하나의 흐름, 쓰고 난 후

점검할 사항 등을 세분화하였습니다. 더 나아가 취미 혹은 직업으로 글을 쓰고 있는 이들이 안전하고 즐거운 쓰기 생활을 하도록 슬럼프를 다루는 방법과 쓰는 삶에 대한 진솔한 이야기를 모두 담았습니다. 쓰는 일이 삶이 되기를 바라는 마음으로.

세상이 어느 방향으로 흘러가든 우리에게는 우리만의 방향과 속도가 있다는 사실을 잊지 않기를 바랍니다. 오늘 쓴 글이 조금 형편없으면 어떤가요, 내일은 보다 더 근사한 문장을 향해 나아가고 있을텐데요. 그러니 오늘도 외쳐 볼까요? 오늘은 아무리 바빠도, 용기가 부족해도 에세이를 쓰겠습니다! 라고요.

오늘도 오.에.쓰!
당신의 동료, 가랑비메이커

목차

4부 실전, 에세이라는 하나의 흐름

1 | 글감을 넘어, 주제로

2 | 첫 문장, 첫 문을 내는 일

6부 슬기로운 쓰기 생활

책을 펴내며

1부

글쓰기를 시작할 때

1 | 워밍업
무작정 쓰지 말고, 묻기

글쓰기는 종이와 펜 혹은 휴대폰만 있으면 누구든 쉽고 빠르게 자신을 표현할 수 있는 창구입니다. 언제든 마음만 먹는다면 글쓰기를 시작할 수 있지만 끝을 보는 것은 생각처럼 쉽지 않습니다. 글을 써본 적 있는 사람이라면 호기롭게 시작한 이야기가 목적하던 결말까지 가지 못하고 중단된 경험이 있을 겁니다. 뜨겁게 타오르던 열정이 언제부턴가 조용히 식어버리는 경험을 해본 적도 있을 겁니다.

우리의 쓰기 생활이 이따금 기대했던 것과 달리 용두사미로 흘러가버리는 이유는 무엇일까요? 무작정 쓰고자 하는 열정이 지나친 나머지 글을 쓰기 전에 무엇을, 어떻게, 왜 쓰고 싶은지 충분히 사유하지 못했기 때문입니다.

한 편의 에세이를 쓰는 일은 하나의 세계를 구축하고 그 안으로 독자를 초대하는 일입니다. 일기나 메모를 남길 때처럼 '일단 쓰고 본다.'는 마인드로 무작정 쓰다 보면 뜻하지 못한 난관에 봉착할 가능성이 큽니다. 쓰는 일의 즐거움과 지속할 수 있는 용기를 얻기 위해서는 글을 쓰기 전에 먼저 스스로에게 몇 가지 질문을 던져 보아야 합니다.

　　이 장에서는 쓰기의 첫 단추를 채우기 전에 먼저 옷매무새를 가다듬는 시간을 가질 수 있도록 가벼운 질문들을 준비하였습니다. 질문에 스스로 답을 내리며 앞으로 펼쳐질 슬기로운 쓰기 생활에 대한 기대감을 채워나가기를 바랍니다.

1. 나는 왜 쓰고 싶은가?

수년 간 다양한 모임을 이끌며 서로 다른 목적으로 글쓰기를 시작한 사람들을 만났습니다. 나이와 직업에 관한 정보 없이 진행되는 글쓰기 모임의 첫 시간에는 스스로 정한 닉네임과 글쓰기를 시작한 이유와 앞으로의 포부를 나눕니다. 대부분이 꾸준히 하게 쓸 것을 약속합니다. 구체적이고 뚜렷한 목표를 세우는 이들도 있습니다.

그러나 본격적인 쓰기 활동이 시작되면 도중에 모임을 하차거나 과제를 수행하지 못하는 이들이 하나둘 생겨납니다. 처음의 포부와는 달리 어려움을 겪는 이유는, 글쓰기에 대한 애정이 식었거나 불성실함 때문만은 아닙니다. 내가 지금 무엇을 쓰고 싶은지만 알고 이외에는 아무것도 생각해 보지 않았기 때문입니다.

글을 쓰기로 결심한 사람들 가운데 대다수가 쓰고자 하는 것이 너무나 분명한 나머지 **왜 쓰고 싶은지**를 고민할 시간이 부족합니다. 시작이 반이라는 말만 믿고 어서 빨리 노트북을 펼쳐서 점이라도 하나 더 찍으려는 조바심 때문입니다. 스타트를 빨리 끊겠다는 생각 때문에 첫 문장을 쓰기 전에 먼저 짚고 넘어가야 하는 '쓰는 이유'를 떠올리지 못하는 경우가 많습니다. 그러나 명심해야 합니다.

글쓰기는 결코 단거리 경주가 아닙니다. 누가 더 빨리 글쓰기를 시작하는지, 누가 더 많이 쓰는지는 아직 중요하지 않습니다. 조금 늦게 시작하더라도 내가 글을 쓰고자 하는 이유를 확고하게 아는 것이 슬기로운 쓰기 생활로 나아가는 왕도입니다.

이 글을 읽고 있는 여러분 중에는 아무 이유 없이 그냥 쓰고 싶었다고 이야기하는 분도 있을 겁니다. 그러나 우리가 하는 모든 일에는 반드시 이유가 존재합니다. 아침에 일어나 커피 한 잔을 내려 마시는 15분 남짓의 일에도 저마다 다른 이유가 존재하듯, 시간과 공간을 거스르며 자신의 경험을 기록하는 복잡다단한 글쓰기를 결심한 것에는 분명 이유가 존재합니다. 쓰는 이유가 반드시 거창할 필요는 없습니다. 단순한 취미 활동 혹은 버킷리스트 중 하나로 글쓰기를 시작할 수 있습니다. 출간이라는 분명한 목표나 사이드 커리어를 쌓기 위해서 글쓰기를 시작할 수도 있겠죠. 무엇이든 쓰는 이유가 되기에 충분합니다.

내가 **쓰는 이유를 안다는 것은 글쓰기를 통해 가고자 하는 목적지를 아는 것**입니다. 글을 쓰며 도착하고 싶은 곳이 어딘지 안다면 출발할 때부터 우리의 마음가짐을 달라집니다. 누군가는 아주 멀리 나아가기 위해서 조급해 하지 않고 천천히 숨을 고르며 글을 써나갈 것이고, 다른 누군가는 한 권의 책이라는 선명한 목표에 따라서 매일의 쓰기를 성실하게 해나갈 것입니다.
글쓰기는 하나의 여정입니다. 긴 여정을 떠날
때 목적지에 따라서 걸음의 보폭을 달리하며
체력을 비축하는 것처럼 우리 또한 지치지 않
는 쓰기 생활을 하기 위하여 글쓰기의 목적의
식을 가져야 합니다.

스스로 사유하기

당신이 글쓰기를 결심한 이유는 무엇인가요?
글쓰기를 통해 궁극적으로 닿고 싶은 목적지는
어디일까요?

_____

2. 이토록 평범한 나의 삶,
누가 궁금해 하기나 할까?

"작가님,

　제 이야기도 과연 책이 될 수 있을까요?"

오프라인 모임과 수업을 통해 1,000여 명의 수강생을 만나며 가장 많이 들었던 질문입니다. '회사, 집, 회사, 집......'을 반복하는 일상이 재밌는 한 편의 에세이, 한 권의 책이 될 수 있을까 염려하는 이들을 자주 만나고는 합니다. 저는 그들의 근심 가득한 눈을 보며 이야기합니다.

"책이 될 수도 있겠죠,

　하지만 안 될 수도 있어요."

우리는 흔히 많은 경험을 가진 이들에게서 좋은 글이 나올 수 있다고 생각합니다. 산전수전을 다 겪어야만 깊이도 있고 두께도 있는 한 권의 책이 나올 수 있는 것처럼 생각하는 것이죠. 이러한 생각 때문에 책을 쓰고 싶다는 마음을 오늘의 결심으로 세우지 못하고 먼 훗날에나 가능한 꿈으로 미루는 이들이 많습니다.

물론, 좋은 경험에서 비롯되는 좋은 글들도 많습니다. 우리가 무엇을 보고 느꼈는지에 따라서 글의 깊이와 표현이 달라지는 것도 사실입니다. 그러나 우리는 쓰고자 하는 것은 위인전이 아닙니다. 생활밀착형 에세이입니다.

　　지극히 평범한 삶을 살고 있어도 매일 아침 성실하게 몸을 일으키고 활기찬 대화로 하루를 채우고 있다면 우리의 삶은 이야기가 되기에 충분합니다.

3. 누구나 가슴 속에 한 권의 책을 품고 산다

수년 간 모임과 수업을 진행하며 깨닫게 된 사실이 있습니다. 누구나 가슴 속에 한 권의 책을 품고 산다는 것입니다. 청소년부터 6, 70대 은퇴 장년까지, 제가 만난 이들 중에는 저마다의 사연이 없는 사람이 없었습니다. 유년 시절의 즐거움도, 사춘기 시절에 겪었던 좌절도, 청년기에 마주했던 사랑도 모두 저마다 다른 모양과 밀도를 가지고 있었습니다. 비슷한 나이를 가진 이들이 동일한 주제로 글을 쓰게 되더라도 비슷한 이야기들이 모이는 경우는 좀처럼 없습니다. 삶의 궤적과 사고방식, 관심사에 따라서 그 누구와도 다른 고유한 이야기가 탄생합니다.

학교나 직장, 집만 오간다고 하여서 당신의 삶과 이야기가 지루할 것이라고 걱정할 필요가 전혀 없습니다. 당신만 모르는 당신만의 시선과 삶의 흔적이 당신이 누비는 곳곳에 자리하고 있습니다. 특별함이니 평범함이니 하는 판단은 잠시 미뤄두고 자연스러운 대화를 나누듯 삶을 이야기해 보세요. 당신에게는 지극히 일상적인 이야기가 다른 누군가에게는 더할 나위 없이 특별한 이야기처럼 읽힐 수도 있습니다.

　　내가 쓰는 나의 삶이 그다지 반짝거리지 않는다는 생각이 들 때면, 평범함과 특별함은 언제나 주관적이며 상대적이라는 사실을 상기시키기를 바랍니다.

스스로 사유하기

언뜻 보면 평범해 보이지만 (자세히 들여다보면) 특별한 당신만의 일상은 무엇인가요?

예) 저는 평범한 직장 생활을 하고 있어요. 그러나 평범하고 지루한 일터에서의 시간을 견디는 저만의 루틴은 비범하답니다.

2 | 글쓰기, 내면에 창을 내는 일

1. '아무도 시키지 않은' 쓰기를 사수하는 일

처음 자발적으로 글을 쓰기 시작한 것은 중학생 때였습니다. 작가라는 직업을 꿈꾸기도 전에 글을 쓰게 되었던 것은 외로움 때문이었습니다. 삼삼오오 모여 즐겁게 이야기를 나누던 친구들 주변을 맴돌던 학창시절 때부터 글을 통해 마음을 털어놓기 시작했습니다.

그 시절 제게 글쓰기는 얼굴을 마주하며 함께 웃고 울 친구가 없어도 시작할 수 있는 대안적인 대화였습니다. 학교에 등교하지 않는 주말에도, 모두가 돌아가고 홀로 남은 늦은 밤에도 언제든 시작할 수 있는 자유로운 대화였고 누군가의 눈치를 보거나 반응을 살필 필요도 없는 가장 진솔하게 마음을 터놓는 창구였습니다. 중학교부터 고등학교까지 제게 가장 가까운 친구는 이면지였습니다. 버려진 이면지 위에 연필로 슥슥 쓰며 혼잣말처럼 시작된 이야기들은 시간이 흘러 습작이 되었고 더 긴 시간이 흘러 비로소 책이 되었습니다.

2. 시간과 경험의 축적, 마침내 작가의 삶으로

작가라는 직업만큼 경험의 축적을 요하는 직업도 없다고 생각합니다. 작가가 되기 위해서는 시험을 보거나 승진을 해야 할 필요가 없습니다. 다만 성실히 쓰는 시간과 경험이 반드시 필요합니다. 쓰고 읽고 다시 고쳐 쓰는 긴 여정을 반복하며 마침내 작가라는 이름을 얻게 되는 것이죠. 시험과 면접을 통과하는 즉시 직함을 얻고 직무를 하나둘 배워가는 여타 일과는 출발부터 다릅니다. 작가라는 이름을 얻기 위해서 (비교적 출간이 자유로워진 요즘은) 승인, 허가가 반드시 필요하지는 않습니다. 다만 **자발적 쓰기의 훈련**이 필요합니다. 외부 세계에 흔들리지 않고 자신의 내면을 깊이 들여다며 꿋꿋하게 써나가는 일이 때때로 자신을 외롭게 할 수도 있습니다. 가끔은 아무도 모르게 시작되어 아무도 모르게 사라져버릴 이야기에 너무 많은 시간과 에너지를 쏟는 것은 아닐까 하는 겁이 날 수도 있습니다. 모든 게 허무하게만 느껴져 쓰는 일을 관두고 싶은 순간도 찾아올 것입니다. 그러나 불확실함, 외로움은 쓰는 삶을 시작할 때 반드시 마주하게 되는 (또 마주해야만 하는) 하나의 이정표입니다. 이정표는 이정표일 뿐 도착점이 아닙니다.

지금 쓰는 과정의 기쁨, 보람보다 외로움을 크게 느끼고 있나요? 여기 멈추지 마세요. 조금 더 쓰다 보면 먹구름 같은 외로움이 모이고 모여 시원한 비가 되어 내릴 겁니다. 메마른 쓰기 생활에 해갈이 되고 새로운 싹을 돋게 하는 것은 '오롯이 홀로' 쓰고 있다는 자각과 외로움입니다. 잊지 마세요. 우리가 존경하는 모든 작가도 오롯이 홀로 쓰며 외로움과 고립감을 느끼지 않고는 지금의 수작들을 남길 수 없었을 것이라는 사실을요.

3. 나는 누구인가, 실제의 나를 보는 일

사람이라면 누구나 자신을 드러내고 싶은 욕구가 있습니다. '나는 누구인가, 나를 둘러싼 세계는 어떠한가, 그 안에서 나는 어떤 상호작용을 하고 있는가……' 우리는 끊임없이 거울 앞에 있는 자신을 들여다보고 이해하기 위하여 애쓰며 살아갑니다. MBTI, 혈액형, 각종 심리 테스트에 열광하는 이유도 결국은 타인보다도 먼저 나를 알고 싶은 욕구 때문이 아닐까요?

만일 '내가 이런 상황이라면 어떻게 반응했

을까?' 여러 가정을 통해서도 나를 알아갈 수 있지만 가정은 어디까지나 가정일 뿐입니다. 만일의 가정을 통해 짐작하고 추측해 보는 나는 있는 그대로의 나보다는 내가 바라는 나의 모습에 가까울 확률이 더욱 큽니다. 그 때문에 우리는 종종 기대만큼 근사하지 않은 자신의 본 모습에 쉽게 좌절하기도 합니다. 그러나 무엇이든 진정으로 마주보기 위해서는 용기가 필요합니다.

–

　여기, 테이블 위에 놓여진 사과가 있습니다. 볕이 쏟아지는 한낮에 바라본 사과는 흠없이 매끄럽게 보였지만, 늦은 오후에는 그늘이 드리워지면서 작은 흠들이 눈에 들어오기 시작하네요. 조금 더 가까이 다가가니 여전히 싱그러운 내음이 느껴집니다. 다른 쪽으로 자리를 옮겨 앉으니 이전에는 보이지 않던 벌레 먹은 자국이 눈에 들어옵니다. 이번에는 눈으로 보기만 하지 않고 한 손으로 움켜쥐었습니다. 울퉁불퉁한 사과의 촉감이 생생하게 느껴집니다.

작업 테이블에 둔 사과를 보며 간단하게 작성해 보았습니다. 눈 앞에 사과를 두지 않고서 언젠가 먹었던 사과를 떠올려보기만 했다면 이토록 생생하게 감각하지 못했을 겁니다. 빨갛고 동그랗고 매끈한 전형적인 이미지의 사과를 떠올렸겠죠. 상상 속의 사과는 툭 치면 쉽게 굴러떨어질 만큼 완벽한 원형이겠지만 지금 제 앞에 놓인 사과는 사각에 가깝게 찌그러진 듯한 모양이기에 쉽게 굴러가지 않습니다. 현실은 기대와는 다릅니다. 사과보다 훨씬 복잡하게 존재하는 우리는 어떨까요. 만일의 가정과 상상을 통해서 마주하는 나와 지난 날을 회고하며 마주보는 나는 깊이와 넓이와 밀도 등 모든 면에서 다릅니다.

진정한 나를 알기 원한다면 일어나지 않은 상황을 가정하며 시험대에 오르는 것이 아니라 지난 나의 행동과 감정을 돌아보아야 합니다.

어떤 환경과 사람들을 지나왔는지, 그러한 과
정에서 나는 어떻게 반응해 왔는지를 아는 것
은 자신만의 고유한 지도를 완성하는 것과 같습니
다.

4. 글쓰기, 모든 예술 표현의 근간

　나를 이해하고 마음껏 표현하기 위해서 우
리는 다양한 창구를 선택할 수 있습니다. 사진,
그림, 영화, 문학 등 모든 예술은 결국 자기표
현의 한 방식입니다. 모든 작품에는 만든 이의
고유한 삶의 이야기가 어떤 방식으로든 담긴
다는 것을 부정하는 이는 없을 겁니다.

　그중에서도 글쓰기는 더할 나위 없이 자신
을 표현하기에 좋은 도구입니다. 글쓰기의 큰
장점은 빠르고 편리하게 시작할 수 있다는 것
입니다. 사진을 찍기 위해서는 카메라와 피사
체가 필요합니다. 마찬가지로 미술에는 캔버스

와 붓 등 여러 재료가 필요합니다. 그뿐 아니라 카메라 작동법, 색채 표현법 등을 숙지하는 과정을 지나야 하죠. 영화의 경우는 어떤가요. 수많은 장비와 사람들이 필요하고 복잡한 단계를 지나야만 합니다. 나를 표현하고 싶다는 마음만으로 결코 쉽게 시작할 수 없습니다.

글을 쓰고 싶다면 종이와 펜 혹은 컴퓨터,
그리고 약간의 배짱만 있으면 된다.

로버타 진 브라이언트(Roberta Jean Bryant)*

그러나 글쓰기는 종이와 펜, 노트북 혹은 휴대폰만 있어도 언제 어디서든 시작할 수 있습니다. 시작만이 아니라 써나가는 과정과 쓰기를 마치는 시점까지 모든 것이 자신에게 달려있습니다. 글을 쓰기 위해서 우리가 갖춰야

할 것은 오직 쓰겠다는 마음뿐입니다.

글쓰기는 환경에 매이지 않고 독립적으로 나를 이야기할 수 있는 가장 매력적인 방법인 동시에 다른 예술로 뻗어나갈 수 있는 근간이 되기도 합니다. 사진과 미술, 조각 등 모든 작품의 출발점에는 작가 자신만의 이야기가 있습니다. 카메라와 붓을 들기 전에 먼저 종이와 펜을 들어서, 사진, 그림 등을 통해서 자신이 전하고자 하는 메시지를 어떻게 표현할 것인지 고심하는 것이죠. 이따금 유명한 미술 작가들의 다큐멘터리를 통해 그들이 습작 스케치북뿐만 아니라 습작 노트 여러 권을 가지고 있다는 것을 보곤 합니다. 영화도 마찬가지로 글쓰기가 앞섭니다. 습작 노트, 시놉시스, 시나리오를 거치지 않고는 영화 한 편은커녕 짧은 영상 한 편도 나오지 못합니다. 음악도 마찬가지입니다. 음악을 완성하기 위해서는 메시지, 멜로디, 가사 등의 글쓰기가 필요합니다.

모든 예술은 글쓰기로부터 출발합니다. 글쓰기의 도착지가 반드시 문학이 아니어도 좋습니다. 나를 가장 섬세하게 들여다보는 창, 글쓰기를 통해서 여러분은 어디로 나아가고 싶으신가요. 아직은 아무도 모르게 써나가는 손바닥 위의 작고 좁은 이야기가 언젠가 새로운 문을 내고 멀리 훨훨 날아가게 될지도 모릅니다.

마음껏 상상해 보세요. 나의 글이 닿을 곳곳을 상상하는 일만으로도 충분한 용기와 배부른 위로가 될 것입니다.

*로버타 진 브라이언트(2004),『누구나 글을 잘 쓸 수 있다』(예담)

스스로 사유하기

당신의 글은 어디에 도착하게 될까요?

글쓰기를 통해 궁극적으로 이루고 싶은 것이

있다면 적어 보세요.

_____

5. 자의식의 쓰기, 에세이

나를 회고하는 글쓰기, 에세이를 쓰는 일은 그 어느 활동보다도 자의식이 지배적인 시간입니다. 근래 과잉이라는 부정적인 의미를 합한 '자의식의 과잉'이라는 단어가 자주 사용되면서 자의식 자체를 부정적으로 인식하기도 합니다. 그러나 자의식의 본래 뜻은 부정적인 측면을 내포하고 있지 않습니다.

|자의식

1 자기 자신이 처한 위치나 자신의 행동, 성격 따위에 대하여 깨닫는 일.

2 자기 자신에 대하여 아는 일. 신체적 특징, 사회적 존재로서의 남과의 관계, 종교적 세계와의 관계 따위의 모든 외적인 관계를 벗어나 직접적인 성찰에 의하여 순수하게 자신의 내면적 세계에 대하여 아는 일이다.

3 외계나 타인과 구별되는 자아로서 자기에 대한 의식.

외부 세계, 타인과 분리된 오롯한 자아로서 자신을 인식하는 자의식은 자신을 고립시키고 소외시키는 방향으로 작동하는 것이 아니라 궁극적으로 더 옳고 건강한 방식으로 세상과 관계 맺을 수 있게 합니다. 글을 쓰는 시간만큼은 바깥세상과 타인에 대한 생각을 내려놓고 자신을 돌아볼 수 있습니다. 내가 누구인지, 나는 어떨 때 갈등을 겪는지, 갈등을 해소하는 방식은 어떠한지 등 표면적으로는 알 수 없던 자신의 구석구석을 살펴보는 일은 더욱 깊이 있는 글을 쓸 수 있게 합니다. 나를 깊이 탐구하는 글은 궁극적으로 더 많은 독자들의 마음을 얻게 됩니다.

　　흔히들 하는 오해 중 하나는 '작가가 지나치게 자신에 대한 이야기를 깊게 나눌수록 독자들이 설 곳이 없어 소외된다.'는 생각입니다. 그러나 그렇지 않습니다. 작가의 존재가 선명하게 드러나는 글일수록 독자는 더욱 글에 빠져들게 됩니다. 선명하게 들려오는 목소리에 기대어 자신을 돌아볼 수 있는 것이죠. 우리가 우리를 깊이 생각하고 깨닫게 될 때, 그때의 글은 깨끗하게 닦인 거울이 됩니다. 작가는 글을 통하여 자신을 돌아보고 독자는 작가의 고백에 자신을 투영하며 마음껏 음미하고 향유할 수 있게 됩니다.

"나는 도덕적이고 이타적인 사람이 아니야. 오히려 에고이스트지. 에고이스트가 아니면 글을 못 써. 글 쓰는 자는 모두 자기 얘기를 하고 싶어 쓰는 거야. 자기 생각에 열을 내는 거지. 어쩌면 독재자하고 비슷해. 지독하게 에고를 견제하는 이유는 그래야만 만인의 글이 되기 때문이라네. 남을 위해 에고이스트로 사는 거지."

이어령(2021),『이어령의 마지막 수업』(열림원)

이어령 선생님의 말처럼 작가는 독자를 위해서 자신을 견지해야 하는 사람입니다. '나의 경험, 나의 생각, 나의 목소리, 나의 ......' 무엇이든 글을 통해서 나를 조금 더 디깅(digging)한다는 생각으로 자신을 집요하게 써나가기를 바랍니다. 깊이 파낸 굴, 깊이 써낸 글 안에서 독자들이 마음껏 자신을 이야기하고 메아리칠 수 있도록 말입니다.

3 | 카타르시스
흠집난 모습까지 그러안는 시간

---

1. 난 슬플 때 노트를 펴

　일기를 꾸준히 써본 사람이라면 잘 알고 있겠지만 마음이 기쁠 때보다 슬플 때 더 자주 기록하고 싶어집니다. 좋은 일이 생길 때는 그 순간의 기분을 충실히 만끽하고 싶은 마음에 노트를 펼칠 생각을 잘 하지 못하지만 (혹은 아주 짧은 기록으로 기념하는 정도에 불과하지만) 마음이 힘들 때는 그 순간을 빠져나오기 위해서 구구절절 이야기하고 싶은 충동을 느끼게 됩니다. 안정적인 상황에 놓여 있을 때보다 불안정한 상황에서 더 필사적으로 글을 쓰게 되는 것도 비슷한 이유에서겠죠. 옥중, 전쟁 중에 쓰인 일기들이 여전히 전해지는 것도 이 같은 이유일 겁니다.

　지금까지 만난 작가들과의 대화와 읽은 책들을 통해 알게 된 사실이 있습니다. 사람은 적당히 외롭거나 괴로울 때면 사람을 찾지만, 심히 외롭고 괴로울 땐 종이를 마주 보며 무성의 비명을 지른다는 것입니다. 지그시 바라봐주는 두 눈도, 맞장구치는 입도, 안아주는 두 팔도 없는 종이와 펜에게서 과연 어떤 위로를 얻는 것일까요?

–

　내 글은 밝고 환한 곳이 아닌 조금은 어둡지만 아늑한 곳에서 누군가에게 만족을 안겨주기 위해서가 아니라 스스로를 위로하기 위해서, 안아주기 위해서 시작되었다. 어쩌면 내게 글이라는 건 가슴 속에 만들어 놓은 작은 방과 같았는지도 모르겠다.

　저서 (2015),『지금, 여기를 놓친 채 그때, 거기를 말한들』(문장과장면들)

마음이 괴로울 때면 사람보다 먼저 종이를 찾는 것은 저의 오랜 습관이기도 합니다. 습작을 남기겠다는 목적 없이도 저로 하여금 노트 빼곡해질 만큼 글을 쓰던 힘은 가난과 따돌림, 불안정한 마음에 있었습니다. 결핍과 불안이 힘이 될 수 있다는 게 이상하게 들릴지 모르겠지만 결핍은 때로 풍요만큼이나 많은 걸 남깁니다. 어려운 상황을 딛고 성공하는 사수성가한 이들에게만이 아닙니다. 괴로운 마음을 쓰며 그 시절을 무탈하게 지나올 수 있었던 저와 같은 이들에게도 결핍은 무엇과도 비교할 수 없는 자원입니다.

　　오랜 상처나 누구에게도 털어놓은 적 없는 비밀을 나누었을 때 기대와는 다른 반응에 더 큰 상처를 입어본 적이 한 번쯤은 있을 겁니다. 기대했던 위로가 아닌 다그침을 듣게 되거나, 둘만의 비밀이 모두가 아는 비밀이 되어버렸을 때 우리는 누구도 방해하지 않는 **자기만의 방을**

만들어야 합니다. 오직 나만이 드나들 수 있는 **한 뼘의 방, 글쓰기**를 시작하는 것이죠. 저의 글도 그렇게 시작되었습니다.

　어릴적부터 궁금한 것도 참 많았고 또래들과는 조금 다른 생각을 하던 아이였기에 "너는 조금 특이해. 우리와는 달라.", "네가 하는 말이 무슨 말인지 모르겠어." 라는 말을 많이 들었습니다. 지금은 주변과 다르다는 게 특별하고 근사한 매력처럼 여겨지곤 하지만 어릴 적에는 주변과 섞이지 못하는 이유가 되었습니다. 그탓에 조금은 외롭고 그늘진 시절 보내야 했지만, 덕분에 초등학생 때부터 일기를 비롯한 다양한 쓰기의 즐거움을 알게 되었습니다. 어디에도 쉽게 꺼내지 못했던 비밀과 상처를 글이라는 목소리를 빌려 거침없이 써나가기 시작했습니다. 어디서든 종이와 펜만 있다면 얼굴을 묻은 채 시간을 보냈습니다.
　글을 쓰기 시작하자 시간이 지날수록 마음

과 얼굴은 더욱 밝아졌고 고등학교에 가서는 반에서 목소리가 큰 아이 중 하나가 되었습니다. 이전과 상황이 크게 달라진 것도 아니었고 나와 잘 맞는 친구들을 만난 것도 아니었습니다. 여전히 해결되지 않는 문제와 갈등은 제자리걸음을 하고 있었지만, 그럴 때면 의자를 바짝 당겨앉아서 한결 같이 글을 썼습니다. 다만 달라진 것이 있다면 결핍을 고백하는 글을 통해 카타르시스를 맛보게 되었다는 것입니다.

2. 카타르시스의 절정, 나를 쓰는 시간

　카타르시스. 모두 한 번쯤은 들어보았을 카타르시스는 '몸 안에 불순물을 배설한다.'를 의미합니다. 정신분석 분야에서는 무의식 속에 잠겨 있는 마음의 상처나 콤플렉스를 말, 행위 등을 통해 밖으로 발산시켜서 노이로제를 치료하는 요법이라고도 합니다. 아리스토텔레스는 비극을 관람하는 것은 관람자가 배우의 정서를 대리적으로 경험할 수 있기 때문에 카타르시스를 일으킬 수 있다고 생각했습니다.

　감정의 깊은 골짜기까지 들어갔다가 나오는 경험을 통해 해방감을 느끼는 이 카타르시스를, 흔히 자신과 닮아 있는 드라마나 영화 속 인물을 통해서만 느낄 수 있다고 생각합니다. 나와 무척 비슷한 환경에 있는 인물이 흐느끼는 모습을 보며 눈물을 흘린다거나, 나는 결코하지 못했던 말과 행동들을 보며 만족감을 느낄 때 우리는 분명 카타르시스를 느끼게 됩니다. 그러나 그것이 해방감의 절정을 맛보게 해준다고는 생각하지 않습니다. 타인의 이야기를 통해 나를 비춰볼 수는 있지만 어디까지나 타인은 타인에 불과합니다. 저마다 삶 속에는 그 어떤 서사와도 비교할 수 없는 고유함이 있습니다. 그렇기에 가장 큰 해방감, 내 안의 '불순물을 배설하며 느끼는 해방감'의 절정은 오직 내가 나를 배설할 때 느낄 수 있습니다.

종종 사람들을 만나 대화를 하다 보면 자신도 모르는 사이에 원하지 않았던 비밀이나 상처를 털어놓는 바람에 돌아오는 길에 발을 동동 구르며 후회한 적이 있었을 겁니다. 분위기와 상황에 휩쓸려 마음이 준비되지 않은 상태에서 덜컥 쏟는 이야기는 배설을 위한 배설일 뿐입니다. 해방감보다는 도리어 구속감을 느끼게 되죠. 아직은 내 안의 불순물을 배설할 준비가 되지 않았기 때문이죠. 그러나 말이 아닌 글을 통해 자신의 문제나 어려움을 고백할 때 우리는 내면의 불순물 같은 감정들을 떠나보내기에 충분한 시간을 갖게 됩니다.

3. 나와의 거리두기, 객관화
상처로부터 멀어지기

> "이런 이야기까지 쓰게 될 줄 몰랐어요.
>   망설이긴 했지만 용기내길 잘했다는 생각
>   이 들어요."

글쓰기 모임을 진행하다 보면 이따금 예상하지 못한 솔직하고 깊은 고백들을 만나곤 합니다. 사랑하는 사람을 잃었던 일, 가정과 학교 혹은 직장에서 받았던 상처, 부끄러운 실수 등 어디에서도 쉽게 나누기 힘든 이야기를 잘 알지 못하는 이들에게 글이라는 매개를 통해 나누는 이들의 표정은 이전보다 더 가뿐한 듯합니다. 글을 쓰는 과정에서 나의 문제 (혹은 상처, 결핍 등)와의 거리 두기를 경험했기 때문입니다. 감정이나 문제를 말로 표현할 때는 문제에 대한 사고보다 먼저 감정을 복기하게 되지만, 글을 쓸 때는 자신의 입장을 잘 전할 수 있는 표현을 찾는 과정을 거치기 때문에 보다 차분하게 마음을 다스릴 수 있게 됩니다. 이 과정을 통해 우리는 스스로를 어느 정도 객관화시킬 수 있게 됩니다. 그 일을 '경험한 나'와 그 일을 '쓰는 나'가 분리되는 것이죠.

4. '경험한 나'와 '쓰는 나'

　반복하여 이야기하지만, 우리는 쓰고자 하는 문제 상황과 감정을 정면으로 바라봐야 합니다. 그리하여 '쓰는 나'는 언제나 '경험한 나'보다 용감합니다. 수치와 불안정을 무릅쓰고 쓰겠다는 결심을 해야만 비로소 '쓰는 나'가 탄생하기 때문이죠. 절망을 쓰든 희망을 쓰든 '쓰는 나'는 반드시 지난 시점으로 돌아가 '경험한 나'를 온전히 마주 서야만 합니다. 모른 척 지나치고 싶은 모습까지도 온전하게 바라보아야만 온전하게 쓸 수 있습니다.

　글쓰기는 그 어떤 활동보다도 내적인 성숙과 성장을 경험하게 합니다. 거울을 마주할 때는 나의 정면만을 바라볼 수 있지만 글쓰기를 통해서는 나의 옆모습, 뒷모습까지 샅샅이 바라볼 수 있습니다. 심지어는 발 아래, 머리 위에 불었던 바람까지 다시 느낄 수 있죠. '쓰는 나'의 선택에 따라 나를 바라보는 방법은 무궁

무진해집니다. 마치 줌을 당기고 밀어내듯 원근을 조정할 수 있습니다. 집중하고 싶은 내용에 따라서 군중 속의 나 혹은 오롯이 홀로인 나를 이야기할 수도 있겠죠. 하나의 경험을 이야기할 때도 접근하는 방식, 서술하는 방향에 따라서 전혀 다른 이야기가 될 수 있습니다. 다양한 서술 방식은 뒤에서 상세히 다뤄보도록 하겠습니다.

스스로 사유하기

'경험한 나'에서 '쓰는 나'로서 용기를 내어서
고백하고 싶은 이야기는 무엇인가요?

---

5. 마침내 쓰기로 결심하는 마음

　　나를 제대로 마주하고 온전하게 고백하기 위해서는 이처럼 평생 지켜봐온 나라는 존재를 낯설게 두고 바라보는 시간이 필요합니다. 길지 않은 삶을 살아왔지만 지난한 시절을 지날 때마다 단단한 방패가 되어준 글의 힘을 여전히 믿습니다. 서두르지 않고 나의 안팎을 들여다보며 쓰기 시작할 때, 내면의 감정을 종이 위로 분리하기 시작할 때 나를 진정 알아가게 되고 주변을 바라보는 시선 또한 변화됩니다.

　　내가 어느 부분에서 자주 넘어지는지, 누구와 있을 때 기쁨을 느끼는지, 나에게 반복되는 갈등은 어떤 양상을 하고 있는지.' 글을 쓰기 전에는 미처 생각하지 못했던 질문의 해답을 하나둘 찾아가며 이전과는 전혀 다른 세상을 마주하게 될 것입니다. 글쓰기가 당장 눈앞의 문제를 해결해 주지는 못하여도 묵은 감정을 해소해 주는 가장 가깝고 친밀한 창구가 되어

줄 것입니다. 이것이 당신에게 에세이를 권하는 이유입니다. 모두가 작가가 될 필요는 없지만 삶을 건강하게 영위하기 위해서는 모두가 자신의 삶을 써야 한다고 믿습니다.

과거와 이상에 묶이지 않는 지금의 나를 고백하는 글쓰기, 에세이를 시작하며 변화될 여러분의 모습을 마음껏 상상해 보세요. 첫 줄의 문장을 쓰기 전에 우리가 갖춰야 하는 것은 쓰는 삶을 향한 설렘과 기대가 전부입니다.

스스로 사유하기

글을 쓰며 당신에 대하여 조금 더 알아가고 싶은 부분은 무엇인가요?

_____

2부

삶의 문학, 에세이

1 | 일상적 쓰기와 문학적 쓰기

우리는 매일 글을 쓰며 살아갑니다. 아침에 일어나 친구나 연인에게 보내는 문자, 업무 시간에 발송하는 메일과 보고서, 퇴근 후에 조용한 방 안에서 쓰는 일기, 주말마다 글쓰기 모임에서 쓰는 에세이까지 모두 '쓰기'의 일부입니다. 그럼에도 불구하고 "글을 쓰시나요?" 하고 물으면 대다수 그렇지 않다고 대답합니다. 왜 그럴까요? 글쓰기를 단순히 활자를 쓰는 행위가 아닌 문학적 의도를 가지고 쓰는 것으로 인식하기 때문입니다. 이처럼 우리는 무의식적으로 일상에서 수단적으로 이뤄지는 글쓰기와 문학적인 쓰기를 구분합니다. 그러나 일상적 쓰기와 문학적 쓰기의 차이를 정확하게 아는 사람들은 많지 않습니다.

"도대체 에세이가 뭐지?"

"솔직하게 나를 이야기하는 글이니까

　일기도 에세이와 같은 것 아닌가?"

　매일 글을 쓰며 습작을 남긴다고 해도 에세이가 무엇인지, 문학적 쓰기에 필요한 요소가 무엇인지 알지 못한다면 완성도 있는 글을 쓰기가 어렵습니다. 이번 장을 통해서 에세이란 무엇인지 보다 명확하게 이해하게 되기를 바랍니다.

| 일상적 쓰기와 문학적 쓰기 비교 |

요건	일상적 쓰기	문학적쓰기
주체	발신인	작가
목표	수단적	목적
파급	좁다 / 일시	넓다 / 지속

일상적 쓰기는 말 그대로 일상에서 이루어지는 모든 종류의 쓰기를 말합니다. 하루에도 몇 번씩 주고받는 문자, 메일과 업무 보고서, 사적인 만족을 위해 기록하는 일기와 블로그를 비롯한 각종 SNS의 글이 이에 해당합니다.

문학적 쓰기는 분명한 문학적 목표를 가지고 구조화된 글쓰기를 뜻합니다. 넓게는 시와 소설, 에세이, 희곡 등 모든 문학 작품의 쓰기를 뜻하지만 우리는 그중에서도 개인의 일상적인 경험을 문학적으로 풀어내는 글쓰기인 에세이에 집중하여 이야기를 하고자 합니다.

1) 수신자, 누구를 향하여 쓴 글인가?

모든 글쓰기에는 수신자가 존재합니다. 한 사람을 향해 쓰인 편지와 오직 나를 위해 쓰는 일기, 전 세계에 흩어져 있는 미지의 독자들을 향해 쓰인 소설 모두 '읽어줄 누군가'를 위해 시작되었습니다. 일상적 쓰기와 문학적 쓰기의 가장 두드러지는 차이점은 바로 수신자, 즉 독자의 범위입니다.

가까운 수신자를 향한 폐쇄적인 쓰기

일상적 쓰기는 가족과 친구, 직장 동료 혹은 블로그 이웃, 나 자신 등 특정한 독자를 향해 있습니다. 문자와 메일, 보고서 등을 주고받는 이들은 모두 나와 이해관계가 있는 사람들입니다. 이때 수신자들은 텍스트에 담겨 있지 않은 정보들도 공유하고 있기에 변형과 생략이 이뤄진 텍스트를 보아도 충분히 그 의미를 이해할 수 있습니다. 예를 들어, 직장 상사에게 발송하는 메일에 '그때, 거기서 나눴던 미팅 건'이라는 모호한 표현이 있다고 하여도 해당 메일의 수신자인 상사는 그 미팅이 어떤 미팅을 뜻하는지 정확히 알 것입니다. 지속적으로 함께 업무를 보는 이해관계에 있기 때문이죠.

그러나 전혀 이해관계가 없는 이들은 메일에서 이야기하는 '그때, 거기'와 '미팅 건'이 무엇을 의미하는지 전혀 알 수 없게 됩니다. 타깃으로 한 수신자 외에는 누구도 텍스트의 의미를 온전하게 이해할 수가 없게 되는 것이죠. 친구와 나눈 문자도 마찬가지입니다. 오랜 시간 함께하며 자연스럽게 만들어진 둘만의 은어와 암호투성이인 문자는 그 자체로 폐쇄적이기 때문에 누구도 쉽게 이해하기 어렵습니다.

에세이와 자주 비교되는 일기는 어떤가요. 처음부터 누군가에게 보여주기 위해 쓰인 일기가 아니라면 낱장의 일기에는 '그때', '거기', '그 사람'과 같은 대명사가 구체적인 대상을 대신합니다. 그뿐만 아니라 '저번에 들었던 그 말' '작년에 있었던 사고', '어제 본 그 애' 등 모호한 표현으로 지속적으로 영향을 받고 있는 일에 대한 구체적인 서술을 대신하기도 합니다. **낱장의 일기는 마치 수수께끼와 같아서 온전히** 이해하기 어렵습니다. 실제 경험한 나의 이야기를 기록한다는 공통점만으로 개인적인 기록에 불과한 일기와 불특정 다수를 향하여 쓰인 에세이를 혼동해서는 안 됩니다.

불특정 다수를 향해 열려 있는 쓰기, 에세이

문학적 쓰기는 독자라는 불특정 다수를 향하여 열려 있는 쓰기입니다. 글쓴이와 이해관계가 없는 이들도 독립적인 한 편의 글만으로 충분히 이해하고 공감할 수 있도록 쓰인 글입니다. 글을 읽는 누구든지 동일한 정보와 이해를 얻을 수 있어야 하기 때문에 보다 구체적으로 충분히 서술되어야 합니다. 일상의 경험을 쓰는 문학이기 때문에 이따금 일기와 같은 태도로 서술하게 되기도 하지만 반드시 경계해야 하는 것이 있습니다. 일기에서 자주 사용하는 **변형과 생략에 유의**해야 한다는 것입니다. 지나친 줄임말이나 나만 알고 있는 은어의 사용은 독자들을 소외시키는 일이 될 수 있습니다.

언젠가 책을 읽다가 생경한 단어가 있어서 인터넷에 검색해 본 적이 있으실 겁니다. 사전에 있는 단어라면 다행이지만 이따금 사전에도 등록되지 않은 단어를 발견할 때도 있습니다. 파생한지 얼마 되지 않은 신조어, 유행어, 은어 등이 그렇습니다. 재미와 흥미를 끌기 위해서 선택한 단어들이 독자에게는 불친절하고 찝찝하게 다가올 수 있다는 것을 기억해야 합니다. 우리의 글을 읽을 이들은 모두 나와 같지 않습니다. 결코 예측할 수 없는 불특정한 다수입니다. 소수의 독자를 위한 특별한 의미를 숨겨두는 것보다 최대한 많은 이들을 향하여 열려 있는 글을 쓰는 것이 좋은 글을 쓰는 출발점이 됩니다.

쓰기를 위한 마인드 체크

나는 경험했기에 알고 있다고 하여도 독자에게는 전혀 새로운 이야기일 수 있다는 생각으로 더 구체적이고 친절하게 열린 글을 쓰겠다는 마음가짐을 가져야 합니다.

---

2) 어디까지 파급력을 미치는 글인가

작고 일시적 VS 크고 지속적

모든 글은 수신자와 독자에게 메시지를 전합니다. 뚜렷한 목적을 가지고 쓰인 글은 저마다 파급력을 가지고 있습니다.

일상적 쓰기는 비교적 미시적인 목표를 가지고 수단적으로 발생합니다. 가족과 친구에게 보내는 문자의 경우, 대체로 사적인 내용을 담고 있으며 감정을 해소하기 위해서 발생합니다. 보고서와 업무 메일은 회사에서 요구되는 업무 일과 중 하나로, 그 자체로 목적이 되는 일은 아닙니다. 보다 거시적인 목표를 원활하게 이루기 위해서 이뤄지는 수단이라고 볼 수 있습니다.

반면 문학적 쓰기는 그 자체로 목적이 됩니다. 문학적 쓰기 역시 메시지를 전한다는 목적을 가지고 있기에 넓은 의미에서는 하나의 수

단으로 바라볼 수도 있습니다. 다만 쓰기의 목적을 달성한 후 폐기되는 일상적 쓰기와는 달리 문학은 결코 사라지지 않습니다. 이점이 문학적 쓰기의 가장 큰 특성이자, 에세이를 쓸 때 우리가 자부심과 책임감을 동시에 가져야 하는 이유입니다. 불특정 다수의 독자를 위한 글이기에 문학의 파급력은 일상적 쓰기와는 비교할 수 없을 만큼 큽니다. 따라서 문학적 쓰기는 결코 순간의 필요에 따라 즉각적으로 이뤄지지 않습니다. 글을 쓰기 전에 깊은 사유의 시간을 거치고 글의 구조를 고민하며 신중하게 시작되는 글쓰기입니다. 고민이 깊어질수록 더 많은 이들에게 영향을 끼칠 수 있는 문학이 탄생하게 되겠죠.

스스로 사유하기

문학은 그 자체로 고유한 가치를 가집니다.
고유한 가치는 작가의 시선이 머무는 곳에 있습니다. 당신이 글을 통해 세상에 전하고 싶은 가치는 무엇인가요?

_____

2 | 에세이라는 문학의 이해

"일기와 에세이가 어떻게 다른가요?"

"인스타그램이나 트위터에 쓰는 짧은 글도
에세이로 볼 수 있나요?"

에세이를 쓰기로 결심한 사람들이 가장 많
이 묻는 질문입니다. 아마 지금 이 글을 읽고
있는 분들 중에도 여전히 에세이가 무엇인지
모르겠다는 분들이 있을 텐데요. 앞장에서 일
상적인 쓰기와 비교하여 문학적 쓰기의 요건에
대해서 배웠다면, 이번 장에서는 더 좁혀 들어
가서 에세이라는 문학만이 가지고 있는 특징에
대해 이야기하려 합니다. 에세이를 쓰고 싶다
는 의욕만 앞서 에세이에 대한 이해가 부족한
채로 글을 쓰기 시작하면 무엇인가 빠진 듯한

엉성하고 완성도가 부족한 글만 양상하게 될 가능성이 큽니다. 무슨 일이든 시작하기 전에 그 일에 대한 이해가 앞선다면 출발은 조금 늦더라도 시행착오를 줄일 수 있습니다.

자, 그럼 키보드에 손을 올리기 전에 알고 가야 할 이야기에 집중해 주시길 바랍니다.

1. 사적 문학 : 작품 속의 나 = 작품 밖의 작가

가장 두드러지는 에세이의 특징은 작가가 자신의 삶을 있는 그대로 드러낸다는 점입니다. 시와 소설, 희곡 등 다른 문학에는 작가가 드러내고자 하는 바를 가상의 인물, 가상의 설정을 통하여 표현합니다. 즉, 작가와 닮아 있는 인물 혹은 작가가 살아온 삶과 비슷한 공간이 등장할 수는 있지만 어디까지나 허구로 설정된 세계입니다. 그러나 에세이에서는 **작가가 곧 화자**(이야기 속에서 말하는 사람)**이자, 주인공입**

니다. 에세이에서 '나'는 오직 글을 쓰는 나입니다. 작품 속의 나와 작품 밖의 작가가 동일하기 때문에 독자들의 시선은 자연스럽게 작가를 향합니다. 에세이에서 이야기하는 바와 나의 모습이 매력적일 때 독자들은 독립된 작품(에세이)만이 아니라 작가에게 응원과 애정을 느끼게 되죠. 이해를 돕기 위해 영상 매체에 비유하여 예를 들어보겠습니다.

1인칭 다큐멘터리

우리는 드라마나 영화를 볼 때 극 중 인물에게 깊이 이입하게 됩니다. 좋아하는 드라마나 영화에서 극 중 인물을 연기한 배우의 팬이 되는 경우가 많습니다. 상대적으로 극본을 쓴 작가나 감독의 팬의 되는 경우는 적습니다. 소설이나 희곡의 경우가 이와 비슷하다고 생각해 볼 수 있겠죠. 좋아하는 소설의 이름과 인물의 이름은 정확하게 기억하지만 작가의 이름이 바로 떠오르지 않는 이유는 독자의 시선이 어디로 기우는지를 보여줍니다.

에세이는 드라마나 영화보다는 다큐멘터리와 비슷합니다. 화면 속 인물이 바로 그 이야기의 주인공인 점에서 그렇죠. 다큐 속 인물들은 드라마나 영화 속 등장인물들과는 다르게 꾸밈없이 소탈한 모습으로 시청자들의 진한 응원과 애정을 받습니다. 약속된 회차가 끝나고 나면 드라마는 멈추지만 다큐 속 그들의 삶은 지속되기에 응원의 시선도 지속적으로 이어집니다.

오랜 시간 많은 사랑을 받아온 다큐멘터리 〈인간극장〉만 보아도 알 수 있습니다. 수 년 전에 방송에 나왔던 이들이 시청자들의 관심과 요청으로 종종 근황을 전하기도 합니다. 에세이도 마찬가지입니다. 화려한 모습도 극적인 전개도 없는 지극히 평범하게만 보이는 삶이라고 하여도 얼마나 진솔하게 이야기를 전하는가에 따라서 보다 친밀한 응원과 사랑을 받을 수 있는 문학이 바로 에세이입니다.

무작정 나를 드러내기만 한다고 해서 좋은 에세이가 되는 것은 아닙니다. 자신의 경험을 바탕으로 독자에게 어떻게 다가갈 것인가 등 문학적인 사유가 선행되어야 합니다. 또한 수많은 경험 가운데 무엇을 써야 할 것인지 고민하는 과정이 반드시 필요합니다. 별다른 고민 없이 자의적으로 기록하는 일기와는 분명한 차이점이라고 볼 수 있습니다.

2. 근거리 문학 : 생활밀착 형 쓰기

에세이는 일상의 자리에서 시작됩니다. 삶의 도처에 있는 글감을 바탕으로 자신만의 경험과 생각을 전하기 때문에 근거리 문학, 생활밀착 형 문학이라고 이름할 수 있습니다. 여러분이 보고 맡고 만지고 만나고 경험한 모든 것이 글감이 될 수 있습니다. 마찬가지로 불필요한 설정 없이 내가 가지고 있는 생각을 자유롭게 표현할 수 있습니다. 그럼에도 불구하고, 무엇이든 좋으니 하고 싶은 이야기를 써보라고 하면 많은 이들이 망설입니다.

　"제 삶은 지극히 평범하고 지루하기까지 해요. 이토록 단조로운 삶을 쓴다고 해서 과연 재밌게 읽어줄까요."

　이런 고민을 하는 이유는 시중에 판매되는 에세이 가운데 상당수가 전문직에 종사하고 있는 이들의 직업 생활 수기 형태를 띠고 있는 등 뚜렷한 콘셉트를 가졌기 때문입니다. 그러나, 응급실 간호사가 쓴 에세이, 시골의 작은 식당 운영기를 담은 에세이, 은퇴한 운동선수의 에세이 등 책을 펼쳐 읽어보기도 전부터 마음을 사로잡는 특색 있는 에세이는 이전부터 많았습니다. 우리가 글을 쓰기로 마음먹기 전부터 말이죠. 그런데 막상 에세이를 쓰려고 하니 조금 더 신경이 쓰일 뿐입니다. 내가 가진 경험이나 직업이 특별하다는 것은 분명 에세이를 쓰는데 조금 더 좋은 재료가 될 수는 있습니다. 그러나 좋은 재료가 있다고 해서 반드시 좋은 음식이 나오는 것은 아니듯이, 평범한 재료를 가지고도 특별한 음식을 만들 수 있습니다. 중요한 것은 어떻게 요리를 하는가입니다. 마찬가지로 좋은 에세이를 위해서는 다른 사람들의 글감(삶)에 곁눈질하지 않고 나만의 글감에 집중하여 나만이 할 수 있는 이야기를 쓸 수 있어야 합니다.

3. 초대의 문학 : 나의 옷을 입을 수 있도록

좋은 에세이는 무엇이냐는 질문을 받을 때마다 늘 한결같은 답을 합니다. 에세이를 쓴다는 것은 곧 나의 삶의 자리로 독자를 초대하는 것입니다. 내가 앉았던 자리에 앉을 수 있도록 내가 바라본 곳으로 독자의 시선이 향할 수 있도록, 가능한 한 섬세하고 구체적으로 이야기하는 글이 좋은 에세이입니다.

에세이는 온전히 나만의 경험, 나만의 감정 나만의 사고가 담긴 글입니다. 그러나 '나는 경험했고, 나는 알고 있고, 나는 느꼈지만' 독자에게는 나의 이야기가 낯선 타인의 이야기라는 사실을 잊지 않아야 합니다. 나에게는 익숙하고 당연하게 느껴진다고 하여도 (필요한 이야기라면) 생략하지 않고 친절하게 서술하는 것이 필요합니다.

우리가 만일 연예인이나 정치인 등 유명인이라면 대중들은 뉴스와 미디어 등을 통해서 많은 사전 정보를 가지고 있을 겁니다. 암묵적으로 인지하고 있는 이슈 등에 대해서는 아주 상세히 이야기하지 않아도 괜찮을 것입니다. 생략된 이야기가 있거나 간략하게 서술되어 있다고 하여도 독자들은 글 바깥에서 추가적인 정보를 얻을 수 있을 것입니다. (물론 글의 내용만으로 이해와 공감에 부족함이 없어야 하는 것이 이상적이지만요.) 하지만 보통의 삶을 사는 우리는 독자에게 글 바깥에서 정보를 전할 수 없습니다. 오직 한 편의 에세이로 모든 것을 이야기해야 합니다. 독자에게 나를 펼쳐 보일 수 있는 유일한 세계는 첫 문장에서부터 마지막 문장까지입니다.

'내가 쓴 글만으로 충분히 전달이 되는가?'

글을 읽을 때는 글의 주인인 자신을 기준으로 삼는 것이 아니라 글을 읽게 될 독자의 입장에서 돌아보아야 합니다. 모든 독자를 공감시킬 수는 없을지라도 글을 읽고 고개를 갸우뚱하게 만들어서는 안됩니다. 이해 없이는 공감도 불가능합니다. 즉, **논리 없는 글에는 결코 마음이 열리지 않는다**는 것입니다. 많은 이들이 문학의 역할은 독자들의 마음을 흔드는 것이라며 공감 영역에 치우쳐 생각합니다. 그러나 마음을 흔들기 전에 먼저 독자를 이해시킬 수 있어야 합니다. 머리로 이해가 되지 않는 글에는 결코 웃을 수도 울 수도 없다는 것을 기억하기를 바랍니다.

3부

에세이를 쓰는 자세, 에.쓰.자!

1 | 글감 채집

지금 우리에게 한 페이지가 주어졌다고 생
각해 봅시다. 오직 하나의 이야기만을 쓸 수 있
다면 어떤 이야기를 써야 할까요? 단숨에 손가
락을 튕기며 '아! 이걸 쓰면 좋겠다.'고 외칠 수
있다면 좋겠지만, 생각보다 많은 이들이 글감
을 선택하는 일에 어려움을 느낍니다. 경우에
따라서는 글을 쓰는 시간보다도 더 많은 시간
을 무얼 써야 하는지 고민하며 보내기도 합니
다.

글감 선택에 어려움을 느끼는 이유는 선택
지가 너무 많기 때문입니다. 365일 24시간 깨
어서 혹은 꿈에서까지 감각했던 모든 것이 글
감이라는 하나의 자리를 두고 경쟁합니다. 내
가 경험한 모든 것이 글감이 될 수 있지만 전부
를 쓸 수 없다는 것이 우리로 하여금 깊은 고민

에 빠지는 것이죠. 각양각색의 음식들이 즐비한 뷔페에서 작은 접시를 들고 고심하는 것과 같은 마음입니다. 아무리 욕심이 난다고 해도 결코 모든 음식을 맛볼 수는 없습니다. 작은 접시에 너무 많은 음식을 담으면 쏟아져 버리거나 뒤섞여버려 엉망이 되기 때문입니다. 욕심을 덜어내고 내게 가장 맛있는 것을 선택할 수 있어야 합니다. 그래야 참된 맛을 잘 음미하고 소화할 수 있을 테니까요. 글감을 선택하는 것도 이와 같습니다. 도처에 놓여 있는 수만 가지의 글감들 가운데 내가 가장 즐겁게 이야기할 수 있는 것을 알아보는 눈을 기르는 것이 중요합니다.

나에게 매력적인 글감 채집

저는 종종 '글감을 채집한다'는 표현을 씁니다. 울창한 숲속을 산책하다 보면 무성한 풀들을 쉽게 마주할 수 있습니다. 일반인들의 눈에는 그저 다 같은 잡초처럼 보이지만 심마니는 잡초 사이에서 어렵지 않게 필요한 약초를 발견합니다. 무심코 지나치면 그만이었던 풀떼기가 값비싼 약재가 되는 것은, 이를 알아보는 심마니의 눈에 달려 있습니다.

다른 사람의 눈에는 그다지 매력적으로 보이지 않는 글감이라고 하여도 내 안에서 흥미로운 이야기를 상상해 볼 수 있다면, 손을 뻗어서 글감을 채집해야 합니다. 어슬렁어슬렁 산책하듯 일상을 돌아보다 눈에 띄는 글감을 하나둘 채집해 나가는 것이 에세이를 쓰기 위한 첫 번째 자세입니다.

멀리 가지 않고 가까이 들여다보기
익숙한 글감을 통해 깊이 이야기하기

자신에게 꼭 맞는 글감을 찾기 위해서는 시선을 멀리 두기보다는 가깝게 두어야 합니다. 처음 글쓰기를 시작했다면 손을 뻗으면 닿을 만한, 나의 손때가 묻은 글감을 선택해야 다루기 수월합니다. 모든 글쓰기는 사후(事後)의 기록입니다. 지난 경험을 반추해 나가는 과정이기 때문에 낯설고 드문 경험보다는 익숙하고 빈번한 경험일수록 보다 깊은 사유가 가능합니다.

'평범하고 흔한 글감은 임팩트가 없지 않을까?' 결코 염려할 필요가 없습니다. 글감 자체가 에세이의 임팩트를 좌우하는 것이 아닙니다. 사유하는 방향과 깊이에 따라서 같은 글감이라고 하여도 전혀 다른 분위기와 여운을 주는 글이 탄생할 수 있습니다.

특별하고 근사한 글을 쓰고 싶은 마음에 무리하게 글감을 선정할 수도 있습니다. 그러나 아직 이야기를 풀어가는 것에 숙달되지 않은 사람이라면 글을 쓰는 도중 길을 잃거나, 중단해야 하는 경우가 발생할 수도 있습니다. 글을 쓰다가 도중에 포기하는 경험은 쓰기에 대한 두려움과 막막함으로 작용될 수 있기에 가능하다면 처음부터 끝까지 써나갈 수 있는(다고 생각되는) 글감을 선택하는 것이 좋습니다.

글감을 선정할 때 고려야 하는 것은
'얼마나 시선을 사로잡을 수 있는가?'가 아닌
'마지막까지 이끌고 갈 수 있는가?'입니다.

힘을 들이지 않고 편하게 이야기하듯 쓸 수 있는 사람은 결코 길을 잃거나 도중에 포기하지 않습니다.

1. '나의 친애하는' 글감

　　도무지 무엇을 써야할지 모르겠을 때는 '나의 친애하는' 것을 떠올려보는 것이 좋습니다. 좋아하는 사람, 좋아하는 음식, 좋아하는 공간과 시간 혹은 계절, 심지어는 좋아하는 실수까지도 좋은 글감이 될 수 있습니다. 우리는 좋아하는 것이 있을 때, 이를 나누고자 하는 마음이 얼마나 큰 지 잘 알고 있습니다. 좋아하는 사람에 대해 밤새 이야기할 수 있고 좋아하는 음식을 나눠 먹기를 좋아하고 좋아하는 공간에 초대하기를 좋아하는 것처럼 좋아하는 마음은 그 어느 것보다도 큰 동기부여가 됩니다. 글쓰기도 마찬가지입니다.

　　무엇보다 먼저 좋아하는 것을 써보세요. 오래, 깊이, 다각도로 바라보고 음미했던 대상(글감)에 대해 쓰기 시작할 때 이전에는 미처 써본 적 없던 표현의 문장들을 발견하게 될지 모릅니다. 좋아하는 마음이 가진 잠재력은 에세이에서도 다양하게 발휘될 것입니다.

2. '더 좁은, 더 작은' 글감

작가의 경험적 특성이 잘 드러나는 글일수록 독자들의 깊은 공감을 얻을 수 있습니다. 그렇기 때문에 글감의 범위는 작으면 작을수록 좁으면 좁을수록 좋습니다. 범위가 큰 글감을 선택할 경우 이야기를 풀어나갈 때 추상적으로 접근할 가능성이 높습니다. 반면 범위가 작고 좁은 글감일수록 보다 구체적으로 경험을 회고하게 되기 때문에 전하고자 하는 메시지도 분명해집니다. 뭉툭한 메시지보다는 뾰족한 메시지가 작가의 개성을 더욱 드러나게 하고 독자들의 마음을 움직이게 합니다.

글로써 자신을 이야기하는 것이 익숙하지 않을수록 큰 범위의 글감보다는 작은 범위의 글감을 선택하는 것이 좋습니다.

| 글감의 범위 1 (시간) |

학창 시절 > 여고 > 수험생 > 수험생 여름방학

───────────────────────────────

　글감의 범위에 대한 감을 익힐 수 있도록 예를 들어 보겠습니다. 글감을 **학창 시절**로 선정했을 때보다는 **여고 시절**이라는 더 작은 글감을 선정할 때 이야기는 더욱 구체화될 것입니다. **학창 시절**이라고 하면 초등학생 시절부터 고등학생 시절까지의 긴 시간을 떠올리게 되기 때문에 어렴풋한 기억들이 스쳐지나기 마련이지만, **여고 시절**을 떠올릴 때면 고등학교 1학년부터 3학년까지의 보다 짧고 구체적인 기억들이 찾아올 것입니다. 마찬가지로 **여고 시절**(3년)보다는 **수험생 시절**(1년)이, 수험생 시절(1년)보다는 **수험생 시절의 여름방학**(한 달 남짓)이라는 글감이 더욱 구체적이고 생생한 이야기를 담을 수 있을 것입니다.

수험생 시절의 여름방학은 맨 처음의 글감인 학창 시절과는 비교할 수 없을 만큼 선명한 향수와 기억을 불러일으키게 합니다. 수험생 시절의 여름방학이라는 글감을 떠올리면 '**주말 보충 수업, 모의고사, 알 수 없는 긴장감**' 등 구체적인 장면들이 자연스럽게 연상됩니다. 글감을 선택하는 것만으로 이야기를 어떻게 풀어나갈 것인지 어렵지 않게 떠올려 볼 수 있는 것이죠.

| 글감의 범위 2 (공간) |

삶의 자리 > 우리나라 > 우리 지역 > 우리 동네
우리 집 > 내 방
_____

공간의 글감도 마찬가지입니다. 지나치게 넓고 추상적인 글감을 선택하게 되면 쓸 수 있는 것이 많은 것처럼 느껴지지만 막상 쓰려고 하면 무엇을 써야할지 막막하기 시작합니다. 나만의 경험, 나만의 개성을 드러내기에 우리나라라는 공간은 너무나 방대합니다. 내가 아닌 다른 사람들도 함께 살아가고 있기에 (우리나라 독자라면) 더 많이 공감하지 않을까 하는 기대를 할 수도 있습니다. 그러나 내가 아닌 다른 사람들도 함께 살아가고 있기에 비슷한 경험, 비슷한 생각, 비슷한 감정을 이야기하는 지루한 이야기가 될 가능성도 큽니다.

에세이가 독자에게 공감을 주어야 한다는 생각 때문에 개인적인 경험이나 생각을 깊이 나누는 걸 꺼리는 분들도 있습니다. 그러나 에세이라는 문학을 통해서 독자들이 공감을 얻느냐 마느냐 하는 것은 독자들이 나와 얼마나 비슷한 삶을 살아왔는지의 문제가 아닙니다. 독자들이 기대하는 것은 자신을 새로운 곳으로 초대하는 이야기입니다. 경험해본 적 없는 낯선 세계를 읽으며 그럼에도 불구하고 비슷한 점을 발견할 때, 비소로 독자는 작가의 삶을 문학으로 읽게 됩니다. **우리나라**보다 우리 지역, 우리 동네를 이야기할 때 작가 자신만의 삶을 구체적으로 그려나갈 수 있습니다. **우리 동네**보다는 **우리 집**에 대해 쓸 때 삶의 가치와 생활 양식을 더욱 구체적으로 드러낼 수 있고 여기에서 더 좁혀 들어가서 **내 방**을 주제로 이야기할 때 살아가며 느끼는 깊은 감정, 오래된 습관 등 개인의 역사까지도 이야기해 볼 수 있는 것이죠.

이처럼 더 작게 좁게 압축해 나간 글감을 가지고 나의 경험을 추적하듯 글을 써나갈수록 독자는 작가의 경험에 매료되며 깊은 공감을 느끼게 됩니다.

적용하기

지금 떠올려 볼 수 있는 '더 작고 더 좁은 글감'은 무엇이 있을까요? (공간, 혹은 시간의 범위를 압축해 나가보세요.)

——————— ——————————

에세이는 작가가 머물렀던 공간으로 독자를 초대하는 글입니다. 내가 앉았던 자리에 독자가 앉을 수 있도록 하는 것, 내가 벗어둔 옷을 독자가 잠시 입어보도록 하는 것, 그리하여 나의 생각과 감정과 감각까지 공유하는 것이 에세이의 목적입니다.

타인으로 하여금 나를 이해하게 하는 작고 좁은 문, 에세이.

글감의 종류

    글을 쓰기로 마음먹었다면 '글감 채집'이라는 스위치를 늘 켜두어야 합니다. 지금, 이 순간에도 나를 둘러싼 수많은 글감이 있다는 것을 직감하는 능력은 하루아침에 생기지 않습니다. 하나둘 모은 글감으로 한 편 두 편 에세이를 써나가다 보면 나에게 맞는 글감은 무엇인지 비로소 알게 될 것입니다. 운동을 하기 위해서는 반드시 먼저 운동복과 장비를 구비해야만 하지만 과연 그것이 나와 맞는 것이었는지는 운동을 해봐야 알 수 있는 것과 마찬가지인 셈입니다. 끊임없이 새로운 글감을 찾고 꾸준히 써야 하는 이유는 바로 여기에 있습니다. 좋은 글을 쓸 수 있는 다른 방법이 없습니다. '오늘은 무엇을 쓸 수 있을까?' 하는 기대로 매일 글감을 채집해 보세요 내게 잘 맞고 재밌는 글감을 찾는 눈이 생기기 시작할 것입니다.

1) 공간에 관한 글감

사적 • 교류의 공간, 익숙한 • 낯선 공간

일상에서 머무는 모든 공간이 글감이 될 수 있습니다. 오래 머물든 짧게 머물든 나의 삶이 담겨 있다면 어디서든 이야기를 발견할 수 있습니다. 내 방, 사무실 책상 자리 혹은 이불 속, 욕조 등 사적 공간에 대해 이야기할 때면 깊고 은밀한 고백을 나눌 수 있습니다. 직장과 학교, 통근 버스 등 다양한 사람들과 상호작용하는 공간에서 벌어지는 다양한 에피소드를 써볼 수도 있습니다. 집, 교회, 단골 카페 등 익숙한 공간을 오가며 쌓은 추억 혹은 성장 과정에 대해 써볼 수도 있겠죠. 반면 낯선 여행지, 우연히 들어선 공간에서 느꼈던 생경함을 생생하게 이야기해 볼 수도 있겠고요. 이처럼 공간이라는 글감을 가지고 다양한 분위기의 글을 써볼 수 있습니다.

2) 시간(시기)에 관한 글감

하루 중 아침 • 휴가 기간 • 군대 시절 등

같은 공간에 머문다고 하여도 시간에 따라서 전혀 다른 분위기가 되는 것처럼 시간은 늘 새로운 서사를 품고 있습니다. 나에게 **유의미한 시간**에 집중해 보는 것만으로도 하나의 주제를 갖춘 에세이를 써볼 수 있습니다. 매일 아침 출근 전에 하는 짧은 산책, 점심시간을 쪼개 갖는 독서 시간 혹은 한가로운 주말 오후 등 시간이라는 글감을 가지고 자신만의 루틴과 삶의 가치를 이야기해 볼 수도 있습니다.

단순히 시간만이 아니라 **어느 특정 시기** 또한 좋은 글감이 될 수 있습니다. 퇴사 후의 삶, 군대에서 보낸 시간, 신혼 이야기, 여행 이야기 등 삶에서 유의미했던 시절, 시기를 글감으로 하여 꾸준히 써나간다면 하나의 콘셉트가 분명한 에세이가 탄생할 수도 있습니다.

in my case

2022년 10월에 출간한 저서 〈한 뼘의 계절에서 배운 것〉은 3년간 집필했던 원고들 가운데 계절에 관한 원고들만 모아 엮은 계절 에세이입니다. '봄', '여름', '가을', '겨울'을 목차로 하여 계절이라는 특정한 시기에 느낄 수 있는 감정과 감각의 경험을 보다 깊이 음미할 수 있도록 기획하였습니다. 계절이라는 절기가 곧 글감이 된 책입니다.

적용하기

어제 하루에 대해 써본다면, 하루 24시간 가운데 어느 시간을 조명하여 써보고 싶은가요?

---

3) 관계(사람)에 관한 글감

자신을 표현하는 좋은 방법 중 하나는 자신을 둘러싼 관계에 대해 이야기하는 것입니다. 나는 한 사람이지만 관계에 따라서 때로는 '딸' '동생', '누나', '제자', '선생님', '작가' 등 다양한 역할을 하게 됩니다. 자신의 수많은 모습 가운데 집중 조명하고 싶은 모습을 글감으로 선택할 수 있습니다. 예를 들어, 아버지와의 관계를 이야기하는 글에서는 '딸'로서 존재하는 자신이 드러날 것입니다. 수업에서 있었던 에피소드가 담긴 글이라면 제자와 교류하는 '선생님'의 면모가 드러날 테고요. 이처럼 관계에 관한 글감은 내가 보여주고 싶은 나를 선택적으로 이야기하기에 전략적인 글감이 될 수 있습니다.

4) 간접적 경험(영감)에 관한 글감

　직접 경험하지 않은 것도 글감이 될 수 있습니다. 친구의 경험담, 산책을 하다가 듣게 된 대화 등 내가 직접적 경험의 주체는 아니지만 간접적 경험한 것으로도 글을 쓸 수 있습니다. 단순히 이야기를 옮겨 전하는 것이 아니라, 그것이 내게 어떤 영향 혹은 영감을 주었는지 등 나만의 사유를 담을 수 있어야 합니다. **타인의 경험을 내재화하는 과정**을 거치는 것이죠. (다만, 타인의 사적인 이야기를 전할 때는 그것이 개인의 권리나 영역을 침해하지 않는지 적정한 선을 지키고 있는지 반드시 고려해야 합니다.)

　영화, 드라마, 음악, 전시, 도서 등을 감상하며 느낀 것도 훌륭한 글감이 될 수 있습니다. 대중적인 매체를 글감으로 할 경우에 보다 다양한 독자를 매혹시킬 수 있다는 장점이 있습니다. 다만, 단순한 감상문이 아닌 에세이가 되기 위해서는 마찬가지로 타인의 창작물을 통해 자신을 반추하는 과정이 필요합니다.

'영화의 이런 점이 좋았다, 아쉬웠다.'는 이야기는 감상 혹은 비평에 지나지 않습니다. 그보다는 '영화 <노팅힐>을 보니 지난 계절에 거닐었던 런던이 떠올랐다. 작은 골목을 누비며 나는 잠시 애나 스콧되었다. 그녀가 윌리엄에 이끌렸던 것처럼 나는 S에게......' 등 자신을 이야기하기 위한 창구로 간접 경험(감상)을 활용할 수 있어야 합니다. 어떠한 글감을 가지고 이야기하든 나만이 낼 수 있는 목소리를 가져야만 합니다. 이야기의 중심에는 다른 무엇도 아닌 나의 생각과 경험이 드러나야 합니다. 누구나 쓸 수 있는 흔한 감상문이 될 것인지, 조금 더 풍성하고 다채로운 에세이가 될 것인지는 바로 여기에 달려 있습니다.

영화나 도서 리뷰를 찾아서 읽다 보면

종종 작품보다도 글을 쓴 사람에 대하여

더 알고 싶어질 때가 있습니다.

그런 글들이 바로 단순한 감상문이 아닌

한 편의 에세이라고 생각합니다.

무엇을 쓰든 기승전 나의 삶, 나의 이야기로

귀결시킬 수 있는 능력은 유연한 사유에 있습니다.

5) 사회적 이슈에 관한 글감

마지막으로 사회적인 이슈에 관한 글감입니다. 매년 새로운 패션 트렌드, 유행이 돌아오듯이 에세이에도 트렌드는 존재합니다. 물론 패션이나 뷰티만큼 빠르지는 않지만 에세이를 비롯한 문학의 트렌드는 해마다 조금씩 더 선명하게 더 속도를 내며 변화되고 있습니다.

동시대에 일어나고 있는 이슈 혹은 사조에 관한 글감은 여타의 글감보다 대중의 유입과 몰입을 크게 일으킬 수 있다는 장점이 있지만 그만큼 큰 파급을 일으킬 수도 있습니다. 그렇기 때문에 사회적인 사안을 품은 에세이를 쓰고자 할 때는 다양한 해석과 반응을 염두에 둘 수 있어야 합니다. 전하고자 하는 메시지에 비하여 개인적인 경험이 빈약하게 다뤄질 경우, 자칫 비판적인 연설문처럼 공감과 설득력이 없는 딱딱한 글이 될 수 있습니다. 예민한 주제를 다룰 때는 나의 경험과 메시지가 타인에게 설득력 있게 전달될 수 있는지 스스로 점검하며 쓰는 것이 중요합니다.

2 | 작가의 태도

1. 독자를 가리지 않는 태도

몇 번을 반복해도 지나치지 않는 이야기는 '에세이는 모두를 향해 열려 있는 문학'이라는 것입니다. 성별, 직업, 나이를 불문하고 다양한 독자들이 나의 글을 읽을 수 있다는 것을 염두에 두어야 합니다. 간혹 글을 쓰다 보면 자신도 모르게 나와 같은 나이대, 같은 지역, 비슷한 경험과 관심사를 가진 사람들만을 잠재적 독자로 상정할 때가 있습니다. '이 이야기는 아무래도 모두가 재밌게 읽기는 어렵겠지?' 하는 생각 때문입니다. 물론 주된 독자층을 상정하는 것은 기획과 마케팅에 필요한 요소이지만 스스로 한계를 두기보다는 먼저 가능한 한 많은 독자들을 품는 글을 쓰겠다는 생각을 가져야 합니다. 그렇지 않으면 무의식중에 독자들을 소외시키거나 이해시키지 못하는 이야기가 될 수 있습니다.

2. 선명하고 명확하게 표현하는 태도

대화를 나누다 보면 누구에게나 고유한 언어 습관이 있다는 것을 어렵지 않게 느낄 수 있습니다. 같은 이야기를 하더라도 언어 습관에 따라서 사람의 분위기가 좌우되기도 합니다. 자기만의 개성 있는 언어 습관은 말하기만이 아니라 쓰기의 영역에서 자신만의 고유한 문체를 갖게 되는 것처럼 중요한 요소입니다. 그러나 특별한 문체를 만드는 것보다 먼저 선행되어야 하는 것은 보다 분명하고 명확하게 표현하는 것입니다.

책을 읽다 보면 줄임말, 신조어, 한자어, 전문 용어 등 즉시 이해하기 어려운 단어를 마주할 때가 있습니다. 글의 내용, 분위기에 따라서 적절하게 사용된다면 더할 나위 없이 효과적인 표현이 되겠지만 그렇지 않은 경우에는 '해석이 필요한 단어'의 사용을 지양하는 것이 좋습니다. **좋은 글의 첫 번째 요건은 가독성입니다.** 불필요한 멈춤 없이 막힘없이 읽어갈 수 있을 때 글을 친근하게 느끼게 되고 마음을 열게 됩니다. 아무리 좋은 메시지를 담고 있다고 해도 가독성이 떨어지는 글은 독자에게 피로감을 줄 수 있습니다. 사회적으로 합의되고 익숙하고 분명한 의미를 담고 있는 단어를 사용하는 습관을 들여야 합니다.

　좋은 글을 쓰기 위해서는 스토리텔링 능력만이 아니라 이야기를 표현하는 능력이 필요합니다. 풍부한 어휘력과 표현법을 기르기 위해서는 국어사전을 활용하는 것이 하나의 방법이 될 수 있습니다. 글을 쓸 때 국어사전 창을 켜두고 필요할 때마다 단어를 검색하며 의미를 정확히 파악하는 것은 좋은 습관이 될 수 있습니다. 다양한 책을 읽어보는 것도 다양한 표현법을 익히는 하나의 방법이 될 수 있습니다. 다른 이들은 어떤 어휘를 통해서 자신의 감정과 색을 표현했는지 하나둘 읽어가다 보면 보다 세밀하고 정확하게 자신을 표현하는 방법을 터득하게 될 것입니다.

3. 원하는 만큼만 쓰는 태도

"어쩌자고 이렇게 솔직하게 썼을까요?"
"너무 다 보여주는 것 같아서 후회가 돼요.
 글을 다시 수정하고 싶어요."

글쓰기 수업에서 함께 에세이를 읽고 난 후에 소감을 나누면 모두 비슷한 이야기를 합니다. 더 솔직하지 못해서 아쉽다는 소감은 들어본 적이 없습니다. 동료 작가들에게 물어보아도 마찬가지입니다. 조금 더 신중하게 나를 드러냈어도 좋았겠다는 생각에는 저도 동의합니다.

글을 쓰는 당시에는 괜찮았는데 글을 다 쓰고 나니 왠지 모르게 찜찜한 기분을 느끼는 것은 마치 친구와 헤어진 후에 오른 버스에서 느끼는 감정과 흡사합니다. 즐겁게 이야기를 나누었다고 생각했는데 집으로 돌아가며 생각해 보니 하지 않아도 되는 말을 한 것 같아서 기분이 찜찜한 적이 한 번쯤은 있었을 겁니다. 하지만 그리 심각해질 필요는 없습니다. 함께 나눈 대화는 시간이 흐를수록 희미해지기 시작할 것이고 무엇보다 친구의 실수를 이해하지 못할 친구는 없을 테니까요.

그러나 에세이를 쓸 때는 조금 더 신중해야 합니다. 말과 달리 글은 시간이 지나도 사라지지 않으며 오히려 더 넓게 퍼져갑니다. 나의 실수나 비밀을 덮어주는 친구와 달리, 독자들은 오직 글을 바탕으로 나를 이해합니다. 아무도 없는 공간에서 고백하듯 글을 쓰다 보면 마치 온 세상에 홀로 남겨진 것만 같은 기분에 기꺼이 비밀을 털어놓을 때도 있지만 기억해야 합니다. 이 글을 종착지는 불특정 다수의 독자들이라는 것을요.

뜻하지 않게 후회하지 않기 위해서는 글을 쓰기 전에 스스로에게 물어보아야 합니다. '언제 어디서 누구에게도 읽혀도 괜찮을 수 있는가?' 누구든 읽어도 괜찮을 만큼 마음이 원하는 만큼만 쓰는 태도를 가져야만 쓰는 과정과 쓰고 난 후의 마음도 기쁜 글쓰기 생활을 이어나갈 수 있습니다.

4. 자신의 목소리를 지키는 태도

최초의 독자는 작가 자신

독자를 위한 문학으로서 존재하는 것이 에세이지만 모든 글의 **최초 독자는 언제나 작가 자신**입니다. 글을 쓰는 동시에 읽는 경험이 함께 이루어집니다. 그리하여 가장 먼저 만족시켜야 하는 독자는 바로 작가 자신인 것이죠. 가장 깐깐한 독자도, 가장 열렬한 응원을 보내는 독자도 이미 내 안에 있습니다.

지나치게 자신의 글을 변호하며 (혹은 푹 빠져서) 객관적인 시선을 잃어서는 안 되지만 마찬가지로 지나치게 높은 기준을 두고 자신을 채찍질하거나 타인의 시선에만 매몰되어서도 안 됩니다. 글쓰기는 첫 문장부터 마지막 문장까지 홀로 하는 혼자만의 사투입니다. 글쓰기라는 전투에서 지지 않기 위해서는 균형 잡힌 시선이 필요합니다.

글을 쓰기 시작한 지 얼마 되지 않았을 때는 자신의 글에 만족하기란 어렵습니다. 최선을 다해서 썼음에도 불구하고 어딘가 마음에 들지 않는 구석이 (글을 읽을 때마다) 눈에 들어옵니다. 글을 읽는 이들의 작은 반응에도 크게 자극을 받기도 합니다. 단순히 머리를 쓸어 넘기거나 작은 한숨을 뱉는 모습에도 "내 글이 그렇게나 재미가 없나." 지레 상처를 받기도 합니다.

제가 운영하는 글쓰기 모임에서는 한 주에 한 편씩 써온 글을 함께 나눠 읽고 피드백을 받는 시간을 갖습니다. 첫 시간에는 모두가 숨죽여 글을 읽습니다. 다른 사람들의 글에 집중하다 보니 조용해지기도 하지만, 동시에 내 글을 읽고 있는 사람들의 반응을 살피느라 숨 쉬는 법을 잊어버린 경우도 있습니다. 누군가 나의 글을 읽어주는 경험이 생경한 이들은 글을 읽는 이의 미간에 난 작은 주름까지 신경을 씁니다. 그러다 한 회 두 회 감상 시간이 반복될수록 침을 삼키기도 어려울 만큼 조용하던 분위기는 점차 유연하고 자유로워지기 시작합니다. 글에 대한 피드백에 쌓여 갈수록 타인의 감상으로부터 자유로워지는 자신을 발견하게 됩니다. 거듭 듣게 되는 비슷한 감상을 통해 자신의 글이 가진 개성과 장단점을 알게 됩니다. 하나의 글에 다양한 감상이 남는 것을 보며 저마다 다른 취향과 경험을 바탕으로 글을 읽는다는 것을 자연스럽게 인식하게 됩니다. 결코, 모두를 만족시킬 수는 없다는 것을 자연스럽고 긍정적으로 받아들이게 되는 과정인 것이죠.

모두를 만족시키는 글은 존재하지 않는다

한때 저도 모두를 만족시키는 글을 쓰고 싶다는 생각을 했던 적이 있습니다. 어쩌다 글에 대한 부정적인 피드백을 발견하면 마음이 괴롭고 더는 쓰고 싶지 않다는 생각을 할 때도 있었습니다. 그러나 쓰는 글이 늘어가고 그만큼 읽는 책이 쌓여갈수록 좋은 글인가 나쁜 글인가의 기준은, 글쓰기의 기술이나 수준이라는 어느 정도 객관적인 기준도 있겠지만 대체로 취향과 경험의 문제라는 것을 알게 되었습니다.

한때 좋아했던 작가의 글도 다시 읽어보니 그때처럼 마음이 열리지 않을 때가 있습니다. 그다지 좋아하지 않았던 작가의 신작을 읽느라 밤새 눈이 벌게진 경험을 한 적도 있고요.

글을 좋아하는 마음에도 좋아하지 않는 마음에도 저마다 다른 수많은 이유들이 존재합니다. 어쩌면 글을 쓰기도 전에 독자의 반응을 예상해 보는 일은 무의미한 일일지 모릅니다. 시시각각 달라지는 변화할 수 있는 독자들의 반응을 읽으며 보다 좋은 글을 쓰기 위한 노력은 반드시 필요하지만, 그보다 먼저 지켜야 하는 것은 나라는 최초의 독자를 잃지 않는 것입니다.

3 | 최적의 환경 마련하기

작가라는 직업을 들으면 어떤 모습이 떠오르나요? 아마도 헐렁한 셔츠를 입고 안경을 코끝에 걸친 채 키보드에 손을 올려두고 있는 모습을 떠올리겠죠. 상상을 조금 더 구체화해 볼까요? 키보드 옆에는 김이 모락모락 올라오는 머그잔이 놓여 있을 겁니다. 은은한 조명이 비추는 작업실에는 조용한 음악이 흘러나오는 중입니다. 모든 것이 글을 쓰기에 더할 나위 없이 좋은 조건이라고 생각할 것입니다.

정말 그럴까요? 네, 상상 속 장면과 저의 작업 모습은 일정 부분 비슷합니다. 그러나 다른 부분도 있습니다. 저는 은은한 조명을 비춰야 하는 늦은 저녁 시간에는 글을 쓰지 않습니다. 글을 쓸 때는 선명한 기억과 또렷한 정신을 추구하기 때문에 잠 기운이나 몽롱한 기분을 데려올 수 있는 따뜻한 차를 마시지 않습니다. 이러한 작업 습관과 환경은 긴 시간 글을 쓰며 찾게 된, 저만을 위해 최적화된 것입니다. 저와 비슷한 환경을 추구하는 작가도 있겠지만 완전히 같은 작업 환경을 가진 사람은 단 한 명도 없을 겁니다. 저마다 글쓰기에 집중할 수 있는 환경이 다르기 때문입니다.

에세이를 쓰기로 마음먹었다면 자신의 생활 방식과 취향에 따른 최적의 환경을 마련하는 것이 필요합니다. 글쓰기는 겉으로 보기에 앉아서 키보드를 두드리는 정적인 행위지만 머릿속에서는 수많은 공간과 시간을 오가는 **역동적인 행위**입니다. 지난 경험을 회고하며 수많은 사람들을 만나고 헤어지는 일이 앉은 자리에서 이뤄지는 것이죠. 뿐만 아니라 수많은 감정을 오가는 일이기도 합니다. 지난 슬픔을 다시 데려와 울기도 하고 즐거웠던 기억에 웃음을 터뜨리기도 하면서 적지 않은 에너지를 소모하는 일이 글쓰기입니다. 시간과 공간, 감정의 파도를 타며 글쓰기에 온전히 몰입하기 위해서는 외부의 방해를 최적화할 수 있는 **컨트롤 구역, 최적의 환경**이 필요합니다.

1. 나만의 작업 시간 찾기

　주로 밤에 글을 쓴다는 사람들을 많습니다. 그 이유를 물어보면 십중팔구 시간이 없기 때문이라고 답합니다. 전업 작가가 아니라면 글을 쓸 시간을 자유롭게 마련하기 어렵습니다. 그러나 아주 불가능한 일은 아닙니다. 직장 생활을 한다면 주말 낮 시간을 활용해 볼 수 있고 대학생이라면 방학과 휴학 기간을 활용해 볼 수 있겠죠. 혹은 출근과 등교 전 아침 시간이나 점심시간을 활용해 볼 수도 있습니다.

　글을 쓰기 위해서 시간을 내는 일은 남는 시

간을 활용하는 일보다는 분명 수고로운 일입니다. 그러나 정해진 시간에 글을 쓰다보면 자투리 시간에 쓰던 것과는 다른 몰입도를 경험하게 될 것입니다.

1) 집중과 몰입

무한히 허락된 시간보다도 짧은 시간이, 언제든 가능한 시간보다도 제한적인 시간이 더욱 높은 집중력과 몰입을 가능하게 합니다. 에세이를 쓰겠다는 것은 단순한 취미 활동에서 더 나아가겠다는 결심입니다. 에세이라는 목적을 달성하기 위해서 우리에게 필요한 것은 단순히 시간이 아니라 **집약적으로 집중할 수 있는 시간**입니다. 짧은 시간을 활용하며 글을 써본 사람은 긴 시간이 주어졌을 때 보다 좋은 집중력으로 자신이 가진 글쓰기의 잠재력을 마음껏 펼쳐나갈 수 있습니다.

2) 낮과 밤, 감성과 이성의 기울기

낮보다 밤에 글이 잘 써진다는 사람들을 더 자주 만납니다. 과연 그럴까요. 밤에 글을 쓰는 사람들이 많은 이유는 사실, 낮보다 밤에 시간 활용이 더 용이하기 때문입니다. 낮보다 밤에 쓴 글이 더 많기 때문에, 마음에 드는 글이 밤에 쓰였을 확률이 더 높은 것이죠.

물론 분명 낮보다 밤에 더 진솔한 글을 쓰는 사람들도 있습니다. 활기차고 바쁘게 흘러가는 낮 시간이 지나고 모두가 잠든 고요한 밤은 오롯이 자신의 생각과 감정에 집중하기에 좋은 시간입니다. 그러나 밤은 때때로 우리의 이성을 마비시키고 감정을 과잉적으로 쏟아내게 하기도 합니다. 어두운 밤에는 주로 감성적인 주제를 가지고 글을 쓰고 싶어지는 마음만 보아도 알 수 있죠. 아무도 없는 시간에 혼자만의 감정에 푹 빠져서 글을 쓰고 환한 낮에 다시 글을 읽어보면 어떨까요.

간밤의 어둠이 걷힌 환한 자리에서 낱낱이 드러나는 감정이 왠지 모르게 쑥스럽게 느껴지기도 할 겁니다. 어딘가 논리가 부족하고 감정만 피력한 것처럼 느껴져서 전반적으로 다 고쳐 쓰고 싶은 마음이 들 수도 있습니다. 마찬가지로 분주하고 활기찬 낮 시간대에 썼던 글을 늦은 밤에 다시 읽어볼 때 낮과는 전혀 다르게 느껴질 수 있습니다. 경험에 대한 서술, 논리는 충분한데 개인적인 감정이나 생각이 덜 담겨 있어서 담백하기보다는 딱딱하게 느껴질 수도 있습니다.

낮과 밤에는 이성과 감성이 차지하는 영역이 달라집니다. 정신이 또렷해져 있는 낮에는 조금 더 논리적으로 쓸 수 있지만 조금은 경직되어 있어 감정을 드러내기 어려울 수 있습니다. 밤에는 감정에는 솔직하지만 논리적인 사고가 조금 부족할 수도 있습니다. 사람마다 조금씩 차이는 존재합니다. 그러나 분명한 것은

사람처럼 글도 빛과 어둠에 따라서 분위기를 탄다
는 것입니다. 바로 이러한 낮과 밤의 기울기를
잘 활용할 수 있어야 합니다.

내가 주로 쓰는 시간은 언제인지, 낮과 밤에
쓰는 글의 분위기는 어떠한지 알아야 합니다.
이성과 감성이 균형 잡힌 글을 쓰기 위해서 최
적의 작업 시간을 찾아가길 바랍니다. 정해진
시간에 집필에 집중하는 훈련을 하다 보면 조
금씩 시간의 영향으로부터 벗어나서 자유롭게
작업할 수 있는 올타임 라이터가 될 수 있을 것
입니다.

2. 나만의 작업 공간 찾기

자신만의 글쓰기 공간을 갖춘 사람들은 많지 않습니다. 모두가 바쁘게 살아가는 요즘은 이동 중에 글을 쓰는 사람들이 많습니다. 사내 회의실, 공원 벤치, 단골 카페, 자신의 방 등 닿는 곳마다 작업실이 되어 글을 쓴다는 이들을 심심하지 않게 만날 수 있습니다. 어디서든 공간에 개의치 않고 글을 쓰고자 하는 열정은 너무도 아름답습니다. 그러나 자신만의 작업 공간을 마련하는 일은 열정만이 아니라 글을 더욱 완성도 있고 아름답게 만드는 일이 됩니다.

다양한 공간에 노출시켜 보기

작업실을 얻기 전에는 방에서 글을 쓰고는 했습니다. 작은 방 안에서 글을 쓰던 시절에 가장 힘들었던 것은 고요한 집중이 오래가지 못한다는 점이었습니다. 세탁이 끝났다는 알림음이나 초인종 소리, 다른 식구들의 생활 소음 등에 문장을 다 쓰지도 못하고 일어나야 할 때가 많았습니다. 도저히 집중할 수가 없어서 선택한 다음 작업 공간은 도서관이었습니다.

세탁기 소리와 초인종 소리가 없는 고요한 공간이었지만 도서관도 저에게는 좋은 작업 공간은 아니었습니다. 나만의 자리가 없이 날마다 낯선 사람들 사이에 앉아야 한다는 것이 저에게는 어려운 변수였습니다. 이후로 스터디 카페의 고정석, 조용한 카페, 서른 평의 작업실 등을 오가며 글을 쓰기 위해서 나에게 필요한 공간적 요건이 무엇인지 찾아가기 시작했습니다.

지금은 다양한 작업을 하는 사람들과 함께 입주해 생활하는 공유 오피스에서 한 뼘의 작업실을 얻어 생활하고 있습니다. 통창과 하얀 벽과 하얀 테이블이 놓여 있는 작은 작업실에서 글을 쓰다가 집중력이 흐려지면 문을 열고

나가 공유 공간에서 사람들의 움직임을 관찰하고 다시 돌아와 글을 씁니다. 저에게는 집중할 수 있는 동시에 동시에 환기할 수 있는 공간이 글쓰기를 위한 최적의 공간이라는 것을 알게 된 것이죠.

저마다 글쓰기에 집중할 수 있는 공간이 다릅니다. 누군가는 사람들이 만들어 내는 소음 속에 숨어서 글을 쓸 때 평온함을 느끼기도 하고 누군가는 진공 상태에 가까운 무음의 공간을 선호합니다. 당장 개인 작업실을 얻기보다는 다양한 공간에서 글을 써보며 최적의 공간적 요건을 찾아가 보기를 바랍니다.

스스로 사유하기

주로 어느 시간에 어떤 공간에서 글을 쓰고 있
나요? 새롭게 시도해 보고 싶은 작업 환경이
있다면 이야기해 보세요

4부

실전, 에세이라는 하나의 흐름

1 | 글감을 넘어, 주제로

1. 글감을 어떻게 요리할 것인가

3부에서 글감을 채집하는 방법과 다양한 글감의 종류에 대해 나누었습니다. 무엇을 쓸 것인지 선택하였다면 다음 단계는 그것을 가지고 **어떤 이야기를 할 것인가** 생각해 보는 것입니다.

글감은 하나의 재료입니다. 재료를 냄비 안에 담기만 해서 요리가 되는 것은 아닙니다. 재료를 통째로 삶을 것인지, 잘게 잘라서 볶을 것인지 결정해야 합니다. 요리하는 방법에 따라서 곁들이는 것이 달라지고 담는 접시도 달라집니다. 글을 쓰는 일도 마찬가지입니다. 글감을 선정했다면 글감을 가지고 어떤 이야기를 전하고 싶은지, 즉 주제(메시지)를 정해야 합니다.

2. 권선징악, 교훈이 없어도

흔히 글의 주제라고 하면 어릴 적 국어 시간에 읽었던 동화를 떠올리며 권선징악처럼 선명하고 교훈적인 것만을 떠올립니다. 자연스럽게 잘 흘러가던 이야기가 어색하게 마무리가 되는 것은 바로 주제에 대한 오해 때문입니다.

주제 | 예술 작품에서 지은이가 나타내고자 하는 기본적인 사상.

사상 | 어떠한 사물에 대하여 가지고 있는 구체적인 사고나 생각.

글의 주제는 작가가 글을 통해 전하고 싶은 사상, 즉 개인적인 생각(감정)입니다. 뾰족한 신념이나 뚜렷한 교훈 또한 주제가 될 수 있지만 크게 보면 작가 개인만의 생각이라고 이해할 수 있습니다. 다시 말해, 글감이 되는 경험을 이야기하며 작가가 전하고 싶은 주제는 글의 마지막에 결론처럼 직접적으로 드러나야만 하는 것이 아니라 **글 속에 자연스럽게 녹아 있는 것**입니다. 그렇다면 단순히 자신의 경험을 서술하는 것만이 아니라 경험을 이야기하며 자신의 사상을 드러내기 위해서는 무엇이 필요할까요.

3. 왜 쓰고 싶었나? = 주제

글감을 (생각보다) 오래 들여다보는 것입니다. 쟁쟁한 다른 글감을 제치고 이것을 쓰기로 선택한 이유가 무엇인지, 나는 왜 이것을 쓰고 싶은지 충분히 생각한 후에 글을 쓰기 시작할 때 나의 가치관과 사고방식이 자연스럽게 묻어 나오게 됩니다. 과거의 경험을 오늘의 문장으로 데려오기 위해서 '과거의 나'와 '오늘의 나'를 이어주는 시간이 필요한 것이죠.

생각보다 많은 이들이 무엇을 쓸지만 결정하고 어떤 이야기를 쓸 것인지를 고민하지 않습니다. 조금이라도 빨리 글을 쓰고 싶은 마음을 이해하지 못하는 것은 아닙니다. 그러나 글을 쓰는 시간을 단축하기 위해서는 글을 쓰기 위해 고민하는 시간을 분명하게 가져야 한다는 것입니다.

무엇을 쓸 것인지만 알면 긴 시간 글 위에서 방황하게 됩니다. 그러나 무엇을, 어떻게 쓸 것인지 알고 글을 쓰기 시작하면 첫 문장에서 마지막 문장까지 쓰는 시간이 단축됩니다. 글을 쓰기 위해 고민하는 시간이 길어지는 것은 글의 흐름에 대한 감각을 길러주지만 글을 쓰는 시간이 길어지는 것은 글쓰기에 대한 두려움을 크게 만듭니다.

4. 글감에서 주제를 길러 올리는 법

　쓰고자 하는 글감(키워드)에서 하나의 주제를 떠올리는 좋은 방법은 글감에 대한 자신의 생각을 가시적으로 표현하는 것입니다. 글을 쓰기 전에 먼저 밑그림을 그린다는 생각으로 글감으로부터 파생되는 생각들을 나열해 보는 것인데요. 제가 처음 에세이를 쓰기 시작했을 때 활용했던 두 단계를 이야기하려고 합니다.

1) 마인드맵 그리기

　첫 번째로는 글감에 관한 지도, 마인드맵을 그리는 것입니다. 글감에 대한 나의 감정, 떠오르는 사람들, 그때의 냄새와 맛 혹은 촉감 등 제한 없이 자유롭게 뻗어가다 보면 과거의 경험을 더욱 깊게 다각도로 회고해 볼 수 있습니다. 마치 그때의 나를 마주하는 것처럼 몰입하

| 마인드맵 |

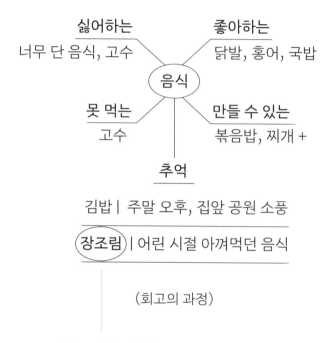

싫어하는
너무 단 음식, 고수

좋아하는
닭발, 홍어, 국밥

음식

못 먹는
고수

만들 수 있는
볶음밥, 찌개 +

추억

김밥 | 주말 오후, 집앞 공원 소풍

장조림 | 어린 시절 아껴먹던 음식

(회고의 과정)

부모님의 맞벌이, 고모가 보내준 반찬
-> 어린 시절 받았던 사랑과 보살핌 (주제)

게 될 때 글감으로부터 선명한 주제를 찾아낼 수 있습니다.

마인드맵을 그릴 때, 하나의 키워드에서 여러 갈래를 파생시킬 수 있듯이 하나의 경험에도 수많은 주제가 탄생할 수 있습니다. 글감 마인드맵을 그리는 것이 익숙해지다 보면 어느새 종이와 펜이 없어도 머릿속에서 자연스럽게 주제를 떠올릴 수 있게 될 것입니다.

2) 글의 구조틀 짜기

마인드맵을 그리며 글감에서 하나의 주제를 정했다면 다음으로는 글의 구조를 짜야 합니다. 글감과 주제 사이의 거리가 멀게 느껴지지 않도록 그 사이를 어떤 이야기로 채워볼 수 있을지 고민하는 과정은 보다 짜임새 있는 에세이를 완성하도록 도움을 줍니다.

5. 글감과 주제 사이의 고리를 찾는 일

글을 읽고 난 후에 독자들이 '장조림'이라는 음식(글감)에서 '어린 시절에 먹고 자란 사랑과 보살핌'이라는 주제를 자연스럽게 느끼게 하기 위해서는 장조림과 관련된 일화가 있어야 합니다.

어린 시절에 맞벌이를 하던 부모님을 대신하여 종종 반찬을 보내주던 고모에 대한 고마움, 귀한 반찬이었던 장조림을 아껴 먹다가 다 쉬어버린 얘기, 버리지 못하고 몰래 집어 먹다가 배탈이 났던 경험 등 주제와 맞닿아 있는 경험을 다양하게 떠올리고 이를 어떻게 전개해 보면 좋을지 생각해야 합니다.

이야기의 끝에 이제 더는 누구도 나의 끼니를 대신해 챙겨주지 않는 어른의 삶을 덧붙인다면 어린 시절의 받았던 사랑과 보살핌이라는 주제를 더욱 부각시켜 볼 수 있겠죠. 이처럼 글의 구조를 정리하는 것은 글감과 주제를 단순히 글감과 주제를 이어주는 것만이 아니라 이야기가 흐르는 방향을 알게 합니다. 조금 더 정교하게 글의 메시지를 전하는 전개 방식을 알게 되는 것이죠. 글의 방향, 구조를 잡고 시작한다면 글을 쓰는 과정은 수월해집니다.엉뚱한 방향으로 길을 잃거나 주제를 찾지 못해 헤매며 시간을 보내지 않게 됩니다.

2 | 첫 문장, 새롭게 써보기

사람은 첫인상이 좋은 사람에게는 조금 더 실수에 관대하고 용인하는 경향이 있다고 합니다. 마음에도 관성의 법칙이 있다는 것이죠. 첫인상이 중요한 것은 사람만이 아니라 공간, 음식도 마찬가지인 것 같습니다. 처음 가보았을 때 좋았던 공간은 단골 공간이 될 가능성이 높죠. 첫맛이 강렬했던 음식은 마치 중독처럼 계속 끌리게 됩니다.

글도 마찬가지입니다. 첫 문장, 첫 문단에 마음을 빼앗기는 글일수록 도중에 하차하지 않고 끝까지 읽을 가능성이 큽니다. 서점에서 책을 읽는다고 상상해 볼까요. 무심코 펼쳐 읽은 책의 서문의 흥미롭다면 시간이 가는 줄도 모르고 읽게 되겠지만 심심하고 기억에 남지 않는다면 금방 책을 덮어버릴 것입니다. 반드시

이 책이 아니어도 다음 책은 얼마든지 있을 테니까요.

글의 인상을 좌우하는 것은 다름 아닌 첫 문장입니다. 글이 조금은 길더라도, 도중에 지루하고 어려운 내용을 만나게 되더라도 인내하는 마음으로 끝까지 읽고 싶게 만드는 힘은 글의 서문에 있습니다. 그렇다면 과연, 매력적인 에세이의 첫 문장은 어떻게 써야 할까요?

1. 담백한 시작, 주어와 시제 생략

글쓰기에 백발백중의 필살법은 없지만 시도해 볼 수 있는 몇 가지 작법은 존재합니다.

에세이는 산문이기 때문에 대부분의 글이 평서문으로 이루어져 있습니다. 별다른 이유가 없다면 글의 첫 문장도 평서문으로 시작됩니다. 익숙하고 흔한 평서문의 첫 문장에 분위기를 더하고 보다 집중하게 만들 수 있는 방법은 주어와 시제를 생각하는 것입니다.

(a)

> **나는 오늘** 완연한 가을의 날씨를 만끽하며 걸었다. 언제나 짧게만 한 가을에는 부지런히 공기의 냄새를 맡고 창밖의 풍경을 확인해야 한다.

(b)

> 완연한 가을의 날씨를 만끽하며 걸었다. 언제나 짧게만 한 가을에는 부지런히 공기의 냄새를 맡고 창밖의 풍경을 확인해야 한다.

예시의 문장들을 비교해 보십시오. '나는', '오늘'이라는 주어와 시제를 생략하는 것만으로 '완연한 가을'이 더욱 가깝게 느껴집니다. 습관적으로 '나는 오늘'로 문장을 시작하는 이들이 많습니다. 무의식적으로 글을 쓰다 보면 경우에 따라 필요하지 않은 주어와 시제로 남

발하게 됩니다. 그러나 뚜렷한 변화나 목적이 없다면 불변하는 에세이의 주체이자 주어인 '나'와 '오늘'이라는 시제를 생략하여 담백한 표현해 볼 수 있습니다.

2. "인용구", 시선 끌기

　　영화 대사, 노랫말, 명언 혹은 이야기의 중심이 되는 대화의 일부를 인용하여 이야기를 시작할 수도 있습니다. 대중이 익히 하는 영화와 노래, 광고 카피 등을 인용하는 경우에 길지 않은 문장으로 글의 분위기를 전할 수 있습니다. 경제적으로 에세이를 쓸 수 있게 되는 것이죠. 다만 이때 주의해야 하는 것은 인용구의 출처가 되는 작품이 가지고 있는 맥락을 잘 이해하고 옳게 사용하는 것입니다. 아무리 근사한 인용구를 쓴다고 해도 글의 맥락과 어울리지 않는다면 감상에 방해되는 등 역효과가 날 수 있습니다.

| 인용 예시 |

"재능은 없고 하려고 하는 열정만 가득한 사람들 있잖아. 나도 그런 사람 중 하나였나 봐."

오디션을 보기 위해서라면 불성실한 카페 직원이 되는 것쯤 두려워하지 않았던 미아에게서 이러한 고백이 흘러나왔을 때, 얼마나 많은 눈물을 흘렸는지 모르겠어요. 꿈을 향해 자신을 태워본 적 있는 사람이라면 알 거예요. (후략)

_____

원고 〈영화와 에세이 (가제)〉의 수록글 [실수처럼 저질러진 꿈들에게]에서 영화 〈라라랜드〉에 등장하는 미아의 대사를 인용한 후에 꿈을 좇는 사람들의 외로움과 고뇌에 대하여 썼습니다.

3. 도치법, 은근하고 여운 있게

(a)

그를 사랑할 수 없을 거라는 걸 첫눈이 올 때
직감했다.

(b)

첫눈이 올 때 직감했다. 다시는 그를 사랑할
수 없겠다고. (도치)

문장의 순서를 바꾸어 보는 것도 눈길이 가는 첫 문장을 쓰는 방법이 될 수 있습니다. 인과관계가 있는 문장이나 문단의 경우는 글의 순서가 중요하기 때문에 도치법이 때로는 글에 혼란을 줄 수도 있지만, 감정이나 생각에 대한 문장의 경우에는 문장의 앞뒤 순서를 바꾸어 서술하는 것만으로도 깊은 여운을 전할 수 있습니다.

4. 질문 던지기, 말을 걸듯

(a)
끝없는 시련의 언덕을 지나야 했던 그 겨울을
결코 잊을 수 없었다.

(b)
그 겨울을 어떻게 잊을 수 있을까? 끝없는 시
련의 언덕을 지나야 했던 그 겨울을.

평서문이 아닌 의문문으로 질문을 던지며
호기심을 자극하는 첫 문장을 낼 수도 있습니
다. 독자에게 말을 걸듯 시작되는 의문문은 독
자로 하여금 더 깊은 몰입을 느끼게 합니다.
가만히 앉아서 바라보기만 했던 작가의 상황에
자신을 대입하며 적극적으로 고민하며 감상할
수 있는 기회를 제공하기도 합니다.

5. 모순, 반전의 문장

온종일 아무것도 먹지 못했지만 도리어 기운이 났다. 그날은 물 한 모금 삼키지 않고도 내 생애 가장 배부른 날이었다.

상호호응되지 않는 문장을 첫 문장으로 쓰는 경우에는 의미심장한 분위기를 전할 수 있습니다. 모순과 반전의 내용을 담고 있는 문장은 뒤에 이어질 내용에 대한 궁금증을 자극합니다. 예시로 든 문장은 종일 굶었음에도 가장 배부른 날이었다는 모순적인 의미를 내포하고 있습니다. 글을 읽는 독자들은 작가에게 심적으로 배부를 만큼 좋은 일이 있었는지 등 문장 너머의 의미를 유추해 보며 이어질 글을 기대해 하게 될 것입니다.

주어와 시제의 생략, 인용구 활용, 도치법, 질문 던지기(의문문), 모순과 반전의 문장 등 첫 문장만으로 글에 대한 독자의 시선을 적극적으로 변화시킬 수 있는 다양한 방법을 활용해 보세요. 이미 다 쓴 글의 첫 문장을 바꿔보는 것만으로도 전혀 다른 분위기의 글이 될 수 있습니다.

적용해 보기

이전에 썼던 글의 첫 문장을 [주어와 시제의 생략, 인용구 활용, 도치법, 질문 던지기(의문문), 모순과 반전의 문장] 등을 활용하여 새롭게 바꾸어 써보세요.

_____

3 | 가지치기, 하나의 주제로 쓰기

나무를 키워 본 적 있는 사람이라면 하나의 뿌리, 하나의 몸통에서 여러 가지가 뻗어 난다는 것을 알 겁니다. 처음에는 여러 가지들이 모두 기특하게 느껴지겠지만 시간이 흐를수록 오래 버틸 가지와 오래가지 못할 연약한 가지가 구별되기 시작할 겁니다. 이때 우리가 나무를 위해서 해야 하는 일은 무엇일까요. 약한 가지가 강해지기를 바라며 영양제를 주는 것이 아닙니다. 나무의 영양분이 튼튼한 가지에게 온전하게 닿을 수 있도록 말라비틀어진 가지들을 잘라주는 것입니다. 적절한 순간에 가지치기해야만 다음 계절에 꽃을 틔우고 열매를 맺을 수 있습니다.

글을 쓰는 것도 마찬가지입니다. 하나의 글감에 다양한 주제를 떠올렸다고 해도 반드시 하나의 주제에만 집중해야 합니다. 글감 마인드맵을 그리며 떠올렸던 여러 주제들 가운데 하나의 주제만을 남겨두고는 모두 과감하게 잊어버려야 합니다. 한 편의 글에서 여러 주제를 쓰다 보면 자신도 모르는 사이에 이야기가 거미줄처럼 얽혀버리게 됩니다. 이 이야기도 해야 하고 저 이야기도 해야 하다 보니 글의 길이가 감당할 수 없을 만큼 길어지게 되고 결국 서둘러 끝을 내게 되는 것이죠.

하나의 글감으로 여러 주제를 이야기해 보고 싶다면 여러 편의 에세이를 쓰는 것이 좋습니다. 하나의 주제를 충실하게 전하며 글을 쓸 때 작가에게는 자기 효능감을 느끼게 되고 독자는 선명한 길을 따라 읽는 즐거움을 느낀다는 것을 기억하기를 바랍니다.

1. 에세이의 편집성

　하나의 주제를 선명하게 드러내는 글을 쓰기 위해서 반드시 기억해야 하는 에세이의 특성은 편집이 가능하다는 것입니다. 저는 이를 두고 에세이의 편집성이라고 말합니다. 에세이는 작가가 경험한 자신의 삶을 진솔하게 이야기하는 문학이지만 사실만을 담고 있다고 보기에는 어려움이 있습니다. 그러나 에세이가 곧 사실은 아니다는 말을 에세이에 거짓을 써도 좋다는 뜻으로 이해해서는 안 됩니다.

2. 핀조명과 다큐멘터리

　에세이는 일기나 일지와는 다르게 하나의 주제를 중심으로 쓰인 문학입니다. 작가의 실제 경험을 기반을 하고 있지만 작가의 경험 모두를 담고 있지는 않습니다. 즉, 작가가 조명하고자 하는 경험을 이야기하는 것이 에세이입니다. 조명되는 이야기가 있다면 그 이면에 가려지는 이야기도 또한 있습니다.

　무대 위의 핀조명을 떠올려 보면 에세이의 편집성에 대하여 이해하기 쉬울 것입니다. 독백을 전하는 배우에게 핀조명이 떨어질 때 관객은 그 한 사람에게 집중합니다. 그러나 무대 위에는 어둠에 가려진 다른 인물들과 집기들이 존재합니다. 그럼에도 불구하고 관객의 시선이 오직 한 배우에게만 집중되는 이유는 극작가의 연출이 있었기 때문입니다. 관객은 작가가 의도하는 연출을 따라서 극을 즐길 수 있습니다.
　다큐멘터리도 마찬가지입니다. 진솔한 모습을 거짓 없이 보여주는 다큐멘터리에도 연출은 존재합니다. 기획 의도에 맞는 모습을 집중하여 담아내고 취지와 불필요한 장면은 편집할 수 있겠죠. 과한 편집은 위험할 수 있지만 주제를 분명히 드러내기 위한 편집은 불가피합니다.

이를 두고 거짓이라고 말하는 시청자는 없을 것입니다.

에세이 또한 작가가 정한 방향성, 주제에 따라서 선택과 집중이 반드시 필요합니다. 하나의 경험 가운데에서도 쓸 것과 쓰지 않을 것을 구분할 수 있어야 합니다. 에세이는 결코 사실적으로 전부를 쓰는 것이 아닙니다. 내가 조명하고 싶은 이야기를 진실되게 전하는 것입니다.

4 | 보여주는 글, 문장의 장면화

독자는 작가가 보여주는 만큼만 보고 음미할 수 있습니다. 작가가 구체적이고 생생하게 서술할수록 독자는 그만큼 능동적으로 작가의 삶에 빠져들어서 마음껏 상상하고 느낄 수 있죠.

자신만의 경험, 주관, 감각에 대해 집요하게 관찰하고 표현할수록 독창적이며 개성적인 글이 됩니다. 마치 글에 이름이 붙은 것처럼 고유한 색을 입은 글은 독자의 시선과 마음을 붙듭니다. 반면 적당히 쓰고 적당히 숨기며 쓴 글은 독자에게 별다른 호기심을 주지 못합니다. 나의 시선과 감각, 표현이 담겨 있지 않은 무채색, 무명의 글은 내가 아니어도 누구든 쓸 수 있는 글이 됩니다.

그렇다면 과연 독자의 마음을 여는 에세이는 어떤 에세이일까요? 유명한 작가의 에세이 혹은 수준 높은 어휘들이 담겨 있는 에세이일까요, 경쾌하고 밝은 메시지 혹은 성숙한 깨달음의 메시지를 전하는 에세일까요.

누가 썼는지, 얼마나 수준이 높은지, 어떤 메시지를 담고 있는지에 따른 취향과 선호는 예측할 수 없을 만큼 다양합니다. 여러분이 좋아하는 에세이를 떠올려 보아도 알 것입니다. 가장 좋아하는 다섯 권의 책을 꼽아 본다면 아마도 다섯 권의 책이 모두 다른 작가의 책일 가능성이 높을 것입니다. 저자도 주제도 다른 책들의 한 가지 공통점이 있다면 아마도 보여주는 글이라는 것일 겁니다.

글을 읽다 보면 마치 작가의 목소리가 들리는 듯 할 때가 있습니다. 딱딱한 활자에서 작가의 목소리, 말투를 느낄 수 있다는 것은 작가만의 문체와 분위기가 있다는 것을 뜻합니다. 단순히 눈으로 활자를 읽는 것에서 그치지 않고 목소리를 듣는 듯 할 때 독서의 깊이는 더욱 깊어집니다. 읽는 글에서 나아가 듣는 글이 되는 것이죠.

여기서 더 나아가서 글을 읽는 순간 눈앞에 하나의 장면이 펼쳐지는 듯한 착각을 들게 하는 글이 있습니다. 바로 '보이는 글'입니다. 한 줄 한 줄 글을 읽을 때마다 마치 머릿속으로 하나의 영상이 상영되는 것만 같은 경험을, 저는 **'문장의 장면화', '텍스트의 시각화'**라고 이야기합니다. 섬세한 묘사와 생생한 표현이 더해진 글을 읽는 행위는 단순히 독서로 끝나는 것이 아니라 시각적인 경험을 하게 합니다. 작가가 마주한 장면을 보게 되고 그곳의 냄새를 맡고 촉감을 느끼고 맛을 느끼는 **오감의 경험**을 하게 되는 것이죠.

(a)

정신이 번쩍 드는 겨울의 추위는 살아 있음을 깨닫게 한다.

(b)

둔한 옷차림으로 종종거리는 계절이지만, 나에게 겨울은 그 어느 때보다도 생의 감각이 민감하게 되살아 나는 계절이다. 얼어붙은 핸드크림을 힘껏 짜고 문지르는 일, 밤새 한 땀 한 땀 짠 목도리를 마침내 목에 두르는 일, 차가운 귀를 감싸며 바보처럼 웃는 일, 주머니 밖에서 서로의 손을 잡고 흔들며 걷는 일. 우리가 겨우내 하는 모든 일이 여전히 살아있음을 온몸으로 확인하는 일인지도 모른다. 지독한 추위로부터 지지 않고 한 해의 끝부터 시작까지, 여기 생동하며 살아가고 있다고.*

* 가랑비메이커(2022),『한 뼘의 계절에서 배운 것』
(문장과장면들)

겨울의 추위가 주는 생의 감각을 표현한 두 개의 글을 비교해 읽어보면 문장의 장면화가 이뤄어진 것과 아닌 것의 차이를 확연히 느낄 수 있습니다.

(a)는 겨울에 대한 자신의 생각을 말하듯 들려주는 문장입니다. 추위라는 감각을 떠올려 볼 수 있을 뿐, 구체적인 장면을 떠올리게 하지는 못합니다. 반면에 (b)는 겨울을 통해 느끼는 생의 감각을 다양한 장면으로 전하고 있습니다. 꽁꽁 언 핸드크림의 촉감과 향기, 목도리의 촉감, 맞잡은 두 손의 온기가 전해지는 듯합니다. 단순히 읽고 듣는 것이 아니라 더 나아가 냄새를 맡고 촉감을 느끼는, **오감의 글**이 바로 보여주는 글입니다.

보여주는 글을 쓰기 위해서는 관찰하는 습관을 기르는 것이 좋습니다. 만나는 사람들, 자주 가는 공간, 좋아하는 음식 등 나를 둘러싼 세계에 대해 하나하나 낯설게 감각하며 표현하

기 시작할 때 글의 표현 역시 자연스럽게 풍부
해져 갈 것입니다.

적용해 보기

문장의 장면화를 거친 보이는 글(한 문단)을 써 보세요. (냄새가 나는, 맛이 느껴지는, 소리가 들리는, 장면이 그려지는 표현을 활용해 보세요.)

_____

5 | 문체를 만드는 습관

사람에게는 고유한 말투가 있습니다. 같은 이야기를 하더라도 이야기의 순서, 강조점 등 서로 다른 언어 습관을 가지고 있기에 우리는 하루에도 수많은 사람들과 지치지 않고 지루해 하지 않고 대화를 나눌 수 있습니다. 만일 모두 가 같은 말투를 지녔다면 어떨까요? 아마도 대 화하는 시간이 지겨운 곤욕처럼 느껴질 것입니 다. 이처럼 개성 있는 말투는 이야기의 내용 만 큼이나 대화의 즐거움을 더 해주는 요소이기도 합니다.

글 속에도 저마다 고유한 문체가 담겨 있습 니다. 아직 나만의 문체가 없는 것 같다고 말하 는 이들마저 자신만의 문체를 가지고 있습니 다. 다만 선명하지 않을 뿐입니다.

나를 이야기하는 글에는 나만의 표현법, 어휘력이 드러나기 마련입니다. 한눈에 특징적으로 드러나는 문체가 있는가 하면 잔잔하게 스며드는 문체도 있습니다. 문체는 작가의 고유한 산물이기에 우열을 두는 것은 무의미한 일입니다. 그러나 자신이 가진 문체를 조금 더 정교하게 다듬어 나가는 과정은 더욱 개성 있는 글을 쓰기 위해서 필요합니다. 이야기를 전하는 목소리, 문체를 다듬기 위한 몇 가지 방법을 소개합니다.

1. 습작과 독서

꾸준히 습작을 남기다 보면 내가 즐겨 쓰는 표현이 무엇이 있는지, 가장 많이 등장하는 단어는 무엇이 있는지 자연스럽게 알게 됩니다. 원하는 문체를 만들기 위해서 무작정 낯선 표현들을 사용하기보다는 내가 가진 문체를 파악하는 일이 선행되어야 합니다. 내가 어떤 것을 가지고 있는지 알아야 무엇을 덜어내고 무엇을 더해야 할지 현명하게 판단할 수 있습니다.

많은 책을 읽는 것도 문체를 만드는 데 도움이 됩니다. 나와 비슷한 경험을 한 다른 작가들은 어떻게 썼는지, 내가 매력을 느끼는 문체는 무엇인지 알아가며 문체를 다듬어 갈 방향성을 찾는 것이 필요합니다. 이따금 내가 가진 문체를 잃고 싶지 않다며 독서를 멀리하고 습작에만 열을 내는 사람들을 종종 만나곤 합니다. 열정은 대단하다고 볼 수 있지만 독서 없는 쓰기 생활을 결코 옳다고 볼 수 없습니다. 글을 쓰기로 결심했다면 작가의 자리에서 뚝심 있게 쓰는 것과 마찬가지로 독자의 자리에서 겸손히 읽으며 배우는 자세가 필요합니다.

자신만의 문체를 만들기 위한 아주 새로운 법은 없습니다. 지속적으로 쓰고 읽어야만 합니다. 말을 막 배우기 시작한 사람이 자신만의 말투를 가질 수는 없습니다. 주변 사람들과의 대화를 통해서 말하고 듣고 따라하며, 자신만의 언어를 찾아가는 시간이 필요합니다. 조급해하지 말고 꾸준히 쓰고 읽어보십시오. 어제보다 오늘 더 당신만의 문체에 가까워져 있을 것입니다.

2. 사전 활용하기

가용 어휘를 늘리는 것도 보다 풍부한 표현과 탄탄한 문체를 만들기 위한 좋은 방법입니다. 알고 있는 단어가 많지 않아서 비슷한 단어를 반복적으로 사용하다 보면 자칫 글이 지루하게 느껴질 수 있습니다. 뿐만 아니라 글의 맥락과 어울리지 않는 단어를 사용하여 감상에 방해가 될 수도 있습니다. 보다 매끄러운 표현을 하기 위해서는 사전을 활용할 수 있어야 합니다.

국어사전과 백과사전을 활용하는 것은 저의 오랜 작업 습관이기도 합니다. 글을 쓸 때 인터넷 사전 창을 작게 띄워두고 수시로 단어의 의미를 검색해 보세요. 이미 알고 있다고 생각했던 단어도 새롭게 알아가겠다는 마음으로 사전을 지속적으로 활용하다 보면 오래 지나지 않아서 어휘력이 부쩍 늘어 있다는 것을 깨닫게 될 것입니다.

사전 사용 팁
– 국어사전 활용

단순히 한 단어의 의미를 파악하는 것으로만 사용하지 않고 해당 단어의 [동음이의어, 유의어, 반의어]를 함께 살펴보세요. 글의 맥락에 따라서 적절하게 활용할 수 있는 단어들을 차곡차곡 쌓아가는 것이 중요합니다.

– 백과사전 활용

　지식 정보, 이슈, 인용 등을 활용하여 글을 쓸 때
는 공신력 있는 백과사전을 활용하는 것이 좋습
니다. 정확히 인지하고 있는 내용을 활용해야만
신뢰 있는 글을 쓸 수 있습니다.

3. 다양한 영감에 노출되기
– 영화, 드라마, 전시 등

　영화, 드라마 속 대사를 나만의 언어로 바꾸
어 보세요. 극 중 인물과 관계에 몰입하며 카타
르시스를 느끼는 것에서 더 나아가 **'나라면 이
렇게 이야기했을 텐데'** 라는 생각으로 자신만의
문장을 써보는 것은 **타인의 창작을 내재화**하는
과정이 됩니다. 주어진 상황에 몰입하며 나만
의 문장으로 표현하는 것이 익숙해지면 나의
경험과 감정을 풍부하게 표현하는 것에 막힘이
없어질 것입니다.

미술과 사진 전시 등 비언어적인 예술을 감상하고 문장으로 표현해 보는 것도 창의력을 높이는데 도움이 됩니다. 작가는 경험한 것만이 아니라 그 너머의 의미와 메시지를 찾을 수 있어야 합니다. 그림과 사진을 보고 느끼는 추상적인 감정부터 떠오르는 선명한 기억까지 글로 표현해 보세요. 무채색처럼 무미건조하게 느껴지던 당신의 글이 색을 덧입기 시작할 것입니다.

4. 대체 가능한 표현 연습하기

단어의 뜻을 자신만의 시선으로 풀어쓰는 연습을 해보세요. 복잡한 의미를 함축적으로 담고 있는 단어일수록 구체적이고 개성 있게 대체하여 표현할 때 자신만의 문체가 선명하게 드러납니다.

(a)

　　나는 그를 사랑했다.

(b)

　　그의 옆구리를 감싸 안고 있을 때면 평생

　　쩔뚝거리며 살아도 괜찮을 것 같았다.

　　사랑이라는 두 음절의 단어를 **함께라면 평생 쩔뚝거리며 살아도 괜찮을 마음**이라고 표현할 때 사랑의 추상성은 두 사람이 서로를 부축하며 걷는 모습으로 형상화됩니다. 보이는 표현이 되는 것이죠. 뿐만 아니라 너무도 다양하고 복잡한 모습으로 나타나는 사랑을 감지하는 작가만의 시선이 선명하게 드러납니다. 이처럼 작가의 가치관과 시선을 자연스럽게 보여주는 것이 문체가 가진 힘입니다.

5부

애프터 집필, 퇴고

1 | 퇴고를 위한 탐독

마지막 문장을 쓰고 마침표를 찍고 확신의 엔터 키를 누르면, 글쓰기는 끝이 난 걸까요? 1차 집필, 초고 작업은 끝났다고 볼 수 있습니다. 하지만 다시 새로운 여정이 우리를 기다리고 있습니다. 애프터 집필, 퇴고를 시작해야 합니다. 모든 일에는 시작이 반이라고 하지만 글쓰기에서는 끝이 곧 새로운 시작입니다. 마지막까지 긴장의 끈을 놓지 말고 퇴고의 과정을 충실하게 밟아가야 합니다.

초고 + 퇴고 = 완고

에세이의 첫 문장부터 마지막 문장까지 한 번에 쭉 써간 원고를 '초고'라고 합니다. 즉, 초벌로 쓴 원고, 퇴고의 바탕이 되는 원고를 뜻합니다. 처음 써낸 글은 그 자체로 온전한 한 편의 에세이 작품이라고 보기에는 다소 거칠 수 있기에 다듬는 과정이 필요합니다. 바로 이러한 과정, 글을 **여러번 다듬어 고치는 과정을 퇴고**라고 합니다. 초고가 완고(완성된 원고)가 되기 위해서는 퇴고가 반드시 필요합니다.

퇴고의 과정을 얼마나 충실하게 거쳤는지에 따라서 같은 초고도 전혀 다른 완성도와 분위기를 갖춘 글이 될 수 있습니다. 그만큼 퇴고의 과정은 중요하며 결코 쉽지 않습니다. 그러나 몇 가지 명확한 기준을 세운다면 스스로 유능한 편집자가 되어 더욱 완성도 있는 글을 만들어 나갈 수 있을 것입니다.

1. 첫 번째 탐독, 작가의 자리에서

퇴고는 이미 썼던 글을 다시 고쳐 써야 하는 과정이기 때문에 처음 초고를 쓸 때보다 더 예

리한 시선이 필요합니다. 꺼진 불도 다시 보는 마음가짐처럼 다 쓴 글을 다시 새롭게 낯설게 바라보며 꼼꼼히 읽을 수 있어야 합니다. 퇴고를 위해서는 두 번의 탐독(열중하여 읽음)이 필요합니다.

먼저 글을 다 쓴 직후에 다시 읽어보아야 합니다. 글을 쓰는 동안 우리는 모두 작가가 됩니다. 초고를 쓰는 중에는 글의 주인으로서 글을 바라보게 되게 됩니다. 자신의 글에 애착을 가장 강하게 느끼는 때는 초고를 막 끝낸 순간일 것입니다. 완벽하지 않은 글이라고 하여도 글을 객관적으로 바라보기보다는 변호하고 싶은 마음이 더 크기 때문에 바로 글을 수정하려고 해서는 안됩니다. 다만, 쭉 써낸 한 편의 에세이를 첫 문장부터 천천히 정독하며 의도와 다르게 쓰인 부분은 없는지 확인해 보아야 합니다. 쓰고자 한 메시지를 가장 정확히 이해하고 있는 순간은 글을 쓴 직후이기 때문에, 이때의 탐독은 **글의 방향성과 목적**이 잘 달성된 글인지에 초점을 맞춰야 합니다.

2. 두 번째 탐독, 독자의 자리에서

본격적으로 퇴고를 진행하기 위한 두 번째 탐독은 독자의 자리로 돌아간 뒤에 이루어져야 합니다. 글을 쓰는 중과 쓰고 난 직후에는 글에 대한 몰입도가 크기 때문에 뾰족한 시선으로 글을 볼 수 없습니다. 그러나 시간이 지날수록 글을 쓰던 당시에 느꼈던 감정과 기억은 점차 휘발됩니다. 비로소 나의 글을 낯설게 읽을 수 있는 것이죠.

작가는 **자신의 글을 쓰는 사람이자 동시에 읽는 사람**이어야 합니다. 글을 쓸 때는 뜨거운 창작열을 태웠다면 쓰는 자리를 벗어나 글을 읽을 때는 차가운 이성을 깨어야 합니다. 독자의 자리로 돌아와서 글과 나의 간격을 넓히는 것이 중요합니다.

[1] 시간의 분리

초고를 다 쓰고 난 후에 얼마간 **휴지기**를 가지고 다시 글을 읽어보아야 '읽는 사람'의 입장에서 자신의 글을 마주할 수 있습니다. 짧게는 반나절, 길게는 일주일 정도 시간을 사이에 두고 다시 글을 읽으면 집필 당시에는 미처 보지 못한 것을 발견할 수 있습니다. 걱정했던 것보다 훨씬 잘 읽힐 수도 있고 반대로 기대에는 조금 못 미치는 글처럼 다가올 수도 있겠죠. 독자로서 감상한 **자신의 글의 장단점을 파악**하며 퇴고의 방향성을 정하는 과정이라는 생각으로 편안하게 읽는 것이 필요합니다.

쓰는 사람의 입장에서 벗어나, 보다 독자의 심정으로 글을 읽기 원한다면 단순히 시간의 간격을 벌리는 것만이 아니라 **낮밤의 전환**을 활용하는 것도 좋은 방법입니다. 밤에 쓴 글이라면 낮에 다시 읽고, 낮에 쓴 글이라면 저녁에 새로운 마음으로 읽어보는 것이 좋습니다. 환한 낮과 어두운 밤의 분위기는 글을 쓸 때 적지 않은 영향을 미치기 때문에 집필 때와는 다른 시각에 글을 읽으면 과잉된 표현된 부분은 덜어내고 부족한 부분은 보완하는 방향으로 균형적인 퇴고를 할 수 있습니다.

[2] 공간의 분리

글을 썼던 자리를 벗어나 다른 공간에서 글을 읽는 것은 글을 낯설게 보는 또 하나의 방법입니다. 집에서 글을 썼다면 가까운 카페에 나와서 다시 글을 읽어보세요. 아무도 없는 조용한 공간에서 쓰고 읽었을 때와 사람들의 대화 소리와 커피 향이 가득한 곳에서 다시 읽었을 때의 감상을 다를 것입니다.

공간이 가지고 있는 조도, 냄새, 소리는 독서를 새롭게 하는 다양한 요소입니다. 한번 공개한 글은 나의 집필실을 떠나서 더 멀고 낯선 곳으로 여행을 떠나게 될 것입니다. 다양한 곳에서 만나게 될 독자들이 나의 글을 어떻게 감상하게 될지 상상하는 일은 보다 정교하게 글을 다듬어나갈 수 있게 할 것입니다. 새롭게 글을 읽기 위해서 아주 작은 걸음이라도 떼어 보세요. 내 방 책상에서 거실 소파로 사무실 내 자리에서 미팅룸으로, 멀리 떠나지 않아도 아주 작은 공간의 변화만으로도 충분합니다.

[3] 매체의 분리

다양한 매체를 통해 글을 읽어보는 것도 퇴고를 위한 좋은 방법입니다. 간단하게는 노트북으로 집필했던 글을 휴대폰에 옮겨서 읽어볼 수 있습니다. 지원되는 폰트에 따라서 서체가 바뀔 것이고 문단의 모양도 조금은 달라질 것 것입니다. 처음 글을 쓰며 의도했던 형식과는 조금 달라지겠지만 글의 내용에 집중하기에는 더욱 좋은 변화입니다. 글을 낯설게 바라보면 바라볼수록 퇴고는 더욱 정교해질 것입니다.

노트북에서 휴대폰, 아이패드로 옮겨 글을 읽는 것보다 더욱 효과적인 것은 종이로 출력하여 읽어보는 것입니다. 화면으로 읽던 글을 종이 위에서 읽다 보면 나의 글이 습관을 넘어선 한 편의 작품이라고 생각하게 됩니다. 책임감과 동시에 자긍심을 가지고 탐독하는 시간을 꼭 가져보시기를 바랍니다.

2 | 실전 퇴고법

---

1. 간결하게 쓰기

자신의 생각을 글로 표현하는 것이 익숙하지 않은 이들의 글쓰기 습관 중 하나는 문장을 길게 쓰는 것입니다. 나의 경험에 대해 들려주고 싶은 열정이 종종 문장의 길이로 나타나는 거죠. 그러나 하나의 주어에 복수의 서술어가 붙는 긴 문장은 서술어 간의 관계성을 모호하게 합니다. 동시에 숨 가쁜 듯한 기분을 느끼게 하기도 합니다.

(a)

지난여름에 나는 좋아하지 않는 과일을 많이 **먹었고** 이따금 바닷가에서 **수영을 하고** 도서관에서 책도 많이 읽고 새로운 **도전을 많이 했다.**

(b)

　　지난여름에는 좋아하지 않는 과일을 많이 **먹었다.** 이따금 바닷가에서 **수영을 하기도 했고** 도서관에서 책도 많이 **읽었다.** 그리하여 내게 지난여름은 새로운 도전의 계절이었다.

　　(a)에는 4개의 서술어가 한 문장 안에 담겨 있습니다. '먹다, 수영하다, 읽다, 도전하다'의 서술어가 단순히 나열되어 있어 서술어 간 관계성이 뚜렷하게 보이지 않습니다. 반면 (b)에서는 4개의 서술어가 3개의 문장으로 나누어져 있습니다. 첫 번째와 두 번째 문장은 여름에 했던 일에 대하여 서술하고 있습니다. 마지막 세 번째 문장은 앞의 두 문장의 일들에 대한 평가(결론)를 담고 있습니다. 문장 간의 관계성이 더욱 뚜렷하게 보이는 것이죠.

　　문장이 길어지는 또 다른 경우는 복수의 주어와 복수의 서술어를 이어쓰는 경우입니다.

복수의 주어와 복수의 서술어로 이루어진 문장 역시 분리하여 간결하게 표현하는 것이 좋습니다. 'A가 B를 했고 C가 D를 했고 E가 F를 했다.'의 문장의 경우, 분명히 밝혀야 할 인과가 있다면 두 개의 문장으로 끊어서 'A가 B를 했고 C가 D를 했다. 그렇기 때문에 E는 F를 했다.'로 써 주는 것이 보다 의미를 명확하게 해 줄 것입니다.

　　문장의 길이는 가독성 측면에서 무척 중요한 부분입니다. 퇴고를 진행할 때는 무의식적으로 길어진 문장은 없는지, 어떻게 나누어야 의미를 정확하게 전할 수 있을지 고민해야 합니다.

2. 의미의 중복 피하기

글쓰기 모임을 통해 다양한 글을 읽다 보면 자주 발견되는 좋지 않은 서술 습관이 있습니다. 의미가 중복되는 문장을 쓰는 것입니다. 앞 문장의 내용을 다시 요약하듯 쓰거나 이미 썼던 내용을 글의 곳곳에 다시 쓰는 경우입니다. 중요하다고 생각되는 내용을 강조해서 담으려고 하다 보니 불필요한 중복이 일어나는 경우가 대다수입니다. 말로 이야기를 전할 때는 몇 번이나 반복해도 무방하지만 글을 쓸 때는 **언어의 경제성**을 떠올려 보아야 합니다.

필요한 이야기는 충분히 서술하되 불필요한 중복은 지양해야 합니다. 새로운 의미 없이 늘어난 분량은 독자의 집중력을 흐리게 할 수 있습니다.

3. 불필요한 수식 지양

　묘사를 위한 수식이 오히려 글의 감상을 헤치게 하는 경우도 있습니다. 적절한 묘사는 글에 더욱 몰입할 수 있게 합니다. 그러나 중점이 아닌 부분에서 묘사가 길어지게 되면 독서의 시선이 분균형하게 기울게 됩니다. 정작 집중해야 하는 내용보다 다른 곳에 시선을 빼앗기게 되는 것이죠. 에세이를 쓸 때는 언제나 선택과 집중이 중요합니다. 내가 얼마나 더 잘 표현할 수 있는지보다 어디를 더 표현해야 하는지에 초점을 맞춰 글을 고쳐나가야 합니다.

4. 모호한 표현 지양

　에세이는 자신의 경험을 독자에게 전하는 문학이기에 자신 있게 쓸 수 있어야 합니다. 나의 생각과 감정에 대해 확신 있게 쓴 글은 독자로 하여금 신뢰를 줍니다. 반대로 모호한 문장, 애매한 표현이 많은 글은 신뢰를 얻기 어렵습니다.

있었던 일에 대한 서술을 할 때는 '~했던 것 같다.' 대신 '~했다.'는 명확한 표현과 감정에 대해 서술할 때 '~라고 느꼈던 것 같다.'가 아닌 '~라고 느꼈다.'고 정확히 표현하는 것이 좋습니다. 다만, 실제로 상황과 감정에 대해 불확실한 경우에는 그대로 표현해야 합니다.

퇴고를 위한 작은 팁

오탈자 수정 등 맞춤법 교정은 퇴고의 맨 마지막 단계에서 진행해야 합니다. 오탈자 등의 오류는 글을 쓰면 쓸수록 늘어나기 마련입니다. 글을 수정하고 고치는 과정이 완전히 끝나고 난 후에 맞춤법 교정을 진행해야 불필요한 반복 수정을 피할 수 있습니다.

퇴고는 글을 정교하게 다듬는 과정입니다. 그림을 그릴 때는 한 편의 작품을 완성하기 위해서 밑그림을 그리고 그 위에 색을 덧입히는 과정을 반복합니다. 그러나 에세이를 다듬는 과정은 덧셈보다는 뺄셈에 가깝습니다. 둥근 진흙을 떼어내고 깎아가며 멋진 조각을 완성하는 모습을 상상하며 퇴고를 진행하는 것이 바람직합니다.

6부

슬기로운 쓰기 생활

1 | 독자를 만나는 경험

무엇을 어떻게 쓸 것인지 고민하며 초고를 완성하고, 다 쓴 글을 낯설게 바라보며 퇴고까지 성실하게 했다면 이제 해야 할 일은 독자를 만나는 것입니다. 독자에게 글을 공개하는 일에는 분명 용기가 필요합니다. 나의 경험을 들려줄 용기, 다양한 피드백을 마주할 용기를 낸다는 것이 결코 쉬운 일은 아닙니다. 그러나 나의 글이 한 편의 작품이 되기 위해서, 쓰는 일이 한 번의 일탈이 아닌 꾸준한 생활이 되기 위해서는 독자가 필요합니다.

아무리 낯설게 자신의 글을 바라본다고 하여도 독자는 언제나 자신의 글을 정면으로 바라보게 됩니다. 글 너머의 기억들이 글의 감상을 더욱 풍부하게 만들기 때문에 사실상 객관적인 감상이란 불가능합니다. 그러나 독자들은 저마다의 다른 삶의 경험과 시선을 가지고 한 편의 글도 다양하게 감상합니다. 독자의 감상으로 나의 글이 가진 다양한 잠재성과 아쉬운 부분을 발견할 수 있습니다. 이때 유의해야 하는 점이 있습니다. 독자의 감상에 지나치게 수용적이거나 지나치게 방어적으로 반응하지 않아야 한다는 것입니다.

그 어떤 피드백도 단 하나의 정답이 아닙니다. 지나치게 수용적인 반응을 하다 보면 글은 자신만의 색을 잃고 이도 저도 아닌 이야기가 되어버립니다. 반면에 방어적이기만 하다면 독자를 배려하지 못하고 자신만의 세계에만 갇힐 가능성이 큽니다. 독자의 감상은 아무래도 좋다는 듯 자기의 방식대로만 쓰게 되면 아무리 많은 작업을 한다고 해도 발전할 수 없습니다. 언제나 그렇듯 우리에게는 균형 잡힌 기준이 필요합니다.

1. 피드백 기준 33법칙

가장 먼저 자신의 글을 공개하는 대상은 아마도 가족, 친구 혹은 동료 등 나와 가까운 관계에 있는 이일 것입니다. 그들은 내가 가진 삶의 경험, 가치관에 대한 이해가 높기 때문에 글을 이해하기에 큰 어려움은 없을 것입니다. 글에 대한 피드백을 조금 적극적으로 전해줄 가능성도 높습니다. 그들이 어떤 피드백을 남기든 완벽한 타인의 피드백보다 더 민감하게 받아들일 가능성이 큽니다. 그렇기 때문에 에세이에 대한 보다 객관적인 피드백을 듣기 원한다면 나와 먼 관계에 있거나 아예 일면식이 없는 타인에게 글을 공개할 수 있어야 합니다.

1) 최소 세 명의 독자

최소 세 명의 독자에게 글을 공개하는 것이 좋습니다. 한두 사람의 의견만 듣는 것은 한쪽으로 치우칠 가능성이 있어 위험합니다.

2) 최소 세 편의 글

글을 공개하기로 마음먹었다면 **최소 세 편의 글을 지속적으로 공개**하는 것이 좋습니다. 처음 글을 공개할 때는 독자의 피드백이 지나치게 무겁게 느껴질 수 있습니다. 글쓰기 모임을 진행하다 보면 기대만큼 좋은 피드백을 얻지 못했다는 사실에 상처를 받고 두 번째 글을 공개하지 못하는 이들을 만나기도 합니다. 첫 번째 글을 좋아하지 않으니 두 번째 글도 마찬가지일 거라는 지레짐작 때문에 더 성장할 수 있는 기회를 놓치는 일은 어리석은 일입니다.

독자의 감상은 독립된 한 편의 글에 대한 감상일 뿐입니다. 첫 공개글에서 좋은 피드백을 얻었다고 해도 그것이 앞으로 내가 쓸 모든 글에 대한 보증이라고 볼 수 없습니다. 작가는 오직 독립된 한 편의 글로 평가될 뿐입니다.

첫 피드백이 좋았다고 해도 겸손한 마음으로, 기대에 미치지 못한 평가를 받았다고 해도 다음은 더 나을 거라는 생각으로 지속적으로 글을 공개할 수 있어야 합니다. 적어도 세 편의 글을 공개해야 다양한 피드백을 얻을 수 있고 이를 어떻게 수용해야 할 것인지 감을 익힐 수 있습니다. 지속적으로 글을 공개하며 독자들의 피드백으로부터 나의 글이 가지고 있는 장단점을 파악하기 시작하는 것, 슬기로운 쓰기 생활을 위한 출발점입니다.

2 | 글태기, 슬럼프 극복법

---

1. 쓰지 않는 시간

꾸준히 글을 쓰다 보면 자신도 모르게 더는 쓸 수 없는 순간을 마주하게 됩니다. 글이 깊어지고 문체도 선명해지기 시작했다고 생각했는데 어느 날 갑자기 쓰는 일이 막막해집니다. 습관처럼 마주한 하얀 모니터 앞에서 무엇이든 쓸 수 있다는 설렘보다 아무것도 쓰고 싶지 않다는 생각이 들 때 무엇을 해야 할까요.

글을 쓰는 일에 권태로움을 느끼는 글태기, 슬럼프를 여러 번 겪으며 찾아낸 가장 좋은 극복법은 쓰지 않는 것입니다. 처음 슬럼프가 찾아왔을 때는 전업작가로서 느끼는 책임감과 자존심을 이유로 어떻게든 쓰기 위해 애썼습니다. 이전과 동일하게 긴 시간 자리를 지키며 글을 쓰려고 했지만 이전 작업의 반도 쓰지 못하고 지치기 일쑤였습니다. 어떻게든 쥐어짜며 써낸 글들은 엉망이었습니다. 글을 쓰기 위해 버티는 시간이 길어질수록 쓰는 생활에 대한 즐거움과 기대가 사라지기 시작했습니다. 더 버티다간 쓰는 즐거움을 되찾을 수 없을 것 같아 아무것도 쓰지 않기로 했습니다.

쓰지 않는 동안에는 밀린 책을 읽고 극장에서 긴 시간을 보내기도 했습니다. 쓰는 일에 매몰되어 하지 못했던 일들을 하나하나 해나가자 자연스럽게 다시 쓰는 힘을 얻을 수 있었습니다.

슬럼프라는 것은 능력의 한계로 찾아오는 것이 아니라 '환기를 위한 신호'인지도 모릅니다. 문장과 문장 사이에도 띄어쓰기가 존재하듯 쓰는 삶에도 띄어쓰기가 필요합니다. 더는 쓸 수 없을 것 같다면 더는 쓰지 않기로 결심하고 바깥으로 나가서 삶을 온몸으로 만끽해 보세요. 텅 빈 마음에 이야기가 쌓이기 시작하면 다시 하얀 종이가 반갑게 느껴질 것입니다.

2. 다시, 단어부터

에세이를 쓰는 일이 너무 어렵게 느껴진다면 다시 처음 말을 배우는 것처럼 단어부터 시작해 보세요. 나의 경험을 줄줄이 쓰지 않고 감정과 감각에 대한 단어들을 나열해 보는 것입니다. 긴 글을 쓰는 대신 몇 개의 키워드를 나열하다 보면 글쓰기에 대한 부담은 줄고 여전히 쓰고 있다는 안도를 느낄 수 있습니다. 긴 호흡의 쓰기가 어려울 때면 단어를 나열하고, 다음으로는 문장을 써보세요. 그러다 보면 한 문단을 쓰고 싶어질 것이고 다시 한 편의 에세이를 완성할 힘을 얻을 수 있을 것입니다.

슬기로운 쓰기 생활을 영위하고 싶다면 글을 쓰던 감각은 유지하되 무리하지 않아야 합니다. 쓰는 일이 어렵게 느껴지는 것은 문제가 되지 않습니다. 글쓰기가 지겨운 숙제처럼 느껴지는 것을 경계해야 합니다.

3 | 쓰는 삶을 위한 제안

1. 작가 소개 작성해 보기

쓰는 생활이 어느덧 익숙해지기 시작했다면 나와 나의 글을 함축적으로 소개할 수 있는 '작가 소개' 혹은 '작가의 말'을 작성해 보세요. 내가 추구하는 글의 방향성은 어떤지, 독자에게 어떤 문장으로 나의 문학 세계를 소개할 수 있을지 고민하는 시간은 그 자체만으로도 충만한 즐거움을 느끼게 합니다. 뿐만 아니라 앞으로의 쓰기 생활의 목표와 방향을 정하는데 도움이 됩니다.

참고 | 가랑비메이커 작가 소개서

그럴듯한 이야기보다 삶으로 읽히기를 바란다.
모두가 사랑할 만한 것들을 사랑한다면, 나 하나
쯤은 그렇지 않은 것들을 사랑해야만 한다고 믿
는다. 낮고 고요한 공간과 평범한 사람들에 이끌
린다. 작은 연못에서도 커다란 파도에 부딪히는
사람, 그리하여 세밀하고도 격정적인 내면과 시
대적 흐름을 쓰고야 마는 사람이다.

적용해 보기

나와 나의 글을 소개할 수 있는 〈작가 소개〉,
〈작가의 말〉을 써보세요.

_____

2) 루틴 만들기

기분이 아니라 루틴에 따라 글을 쓴다.

정해진 시간에는 멈춘다.

때로는 루틴을 따르지 않아도 좋다.

하지만 그 다음날은 반드시 루틴으로 돌아가야 한다.

헨리 밀러(Henry Miller)*

글쓰기가 이벤트가 아닌 생활이 되기 위해서는 자신만의 루틴이 필요합니다. 언제 어디서 글을 쓸 것인지, 퇴고는 초고를 쓰고 난 후 며칠 뒤에 진행하면 좋을 것인지, 지속적으로 글을 공개하는 커뮤니티는 어디로 정할 것인지 등 고정적인 글쓰기 환경을 만드는 것입니다. 자신만의 루틴을 만들고 지켜나갈 때 잠들어 있던 우리의 잠재력은 더 좋은 글을 쓰도록 발휘될 것입니다.

적용해 보기

슬기로운 쓰기 생활을 위한 자신만의 루틴을
다짐해 보세요.

---

*헨리밀러, 미국 소설가.『북회귀선/남회귀선』등 집필

나를 알아가기 위한

한 뼘의 방, 에세이

"처음 글을 쓰기 시작했던 것은 초등학교 5학년쯤으로 기억한다. 유난히 생각이 많았고 그만큼 그늘도 많았다. 그 모두를 쏟아두었던 것이 일기장이었다. 말이 아닌 문장으로 고민을 털어놓았던 것은 당장에 마주할 사람이 없어도 언제든 내 이야기를 할 수 있기 때문이었다. 그래서 나는 외롭지 않았다. 허공에 흩어져 버릴 소리보단 언제라도 페이지 한편을 지키고 있을 몇 문장들에서 위로를 얻을 수 있었으니까."

저서 『지금, 여기를 놓친 채 그때, 거기를 말한들』

유년 시절부터 나를 이해하고 이야기하고 싶은 갈망이 있었습니다. 거울 속의 내 모습이 낯설게 느껴질 때마다 사람들 사이에서 외로워질 때마다, 종이와 펜을 들었습니다. 글쓰기가 없었더라면 위태롭고 외로운 시절은 끝나지 않았을 겁니다. 책을 집필하며 많은 이들이 글쓰기의 치유력을 알게 되기를 바랐습니다. 글을 잘 쓰는 것보다 글을 쓰며 변화될 수 있는 자신을 기대하기를 바라는 마음이『오늘은 에세이를 쓰겠습니다』의 시작이었습니다. 지난 상처를 몇 줄의 문장으로 덮을 줄 아는 어른이 된 것에 새삼 감사한 시간이기도 했습니다.

넷플릭스와 뉴스 속 타인의 이야기에 열을 내며 서로의 유대를 확인하는 세상에서 잠잠히 나를 들여다보는 일은 지나치게 외로운 고립의 시간처럼 느껴질지도 모르겠습니다. 아무도 궁금해하지 않을 것 같아서, 누구도 들어주지 않을 것 같아서 꺼낼 수 없는 이야기도 있을 겁니다. 글쓰기는 결코 자극적인 즐거움을 선사하는 행위는 아닙니다. 그러나 생각보다 깊은 즐거움을 느끼게 하는 일입니다. 누구도 묻지 않은 내 안의 이야기를 고백하는 일, 문제를 해결할 수는 없지만 묵은 감정을 해소하는 일, 그리하여 나를 온전하게 이해합니다. 글을 통해 나를 마주할 때 비로소 우리는 자신을 둘러싼 수많은 관계와 세상을 오해하지 않고 이해할 수 있다고 믿습니다. 느리지만 천천히 자신만의 시선을 찾아가면서요.

"내 글은 밝고 환한 곳이 아닌 조금은 어둡지만 아늑한 곳에서 누군가에게 만족을 안겨주기 위해서가 아니라 스스로를 위로하기 위해서, 안아주기 위해서 시작되었다. 어쩌면 내게 글이라는 건 가슴속에 만들어 놓은 작은 방과 같았는지도 모르겠다. 그 방은 언제나 어둡고 축축했으므로 누구도 들어오고 싶어 하지 않을 줄로만 알았다. 비좁은 공간은 조금도 자라지 못한 채 언제까지나 나 하나로만 가득할 줄로 알았다.

그러던 어느 날 작게 열어둔 문틈 사이로 볕이 들었고 빗물은 조금씩 새것들을 길러냈다. 작은 싹이 돋았고 한눈에 띄게 아름답지 않아도 그만의 향을 가진 꽃이 피어났다. 조금씩 방 안에 낯선 걸음들이 채워졌다."

저서『지금, 여기를 놓친 채 그때, 거기를 말한들』

어둠이 내려앉을 때 창으로 보이는 것은 바깥세상이 아닌 나의 모습입니다. 마음에 그늘이 질 때 모른 척하고 싶은 마음을 달래며 자신의 모습을 있는 그대로 바라보고 어딘가에 쏟아낼 수 있기를 바랍니다. 제가 다시 웃을 수 있는 힘을 얻었던 것처럼요. 이것이 여러분의 글쓰기 생활을 기뻐하는 저의 순전한 마음입니다.

가랑비클래스라는 수업 커뮤니티를 운영하며 5년간 오프라인 현장에서만 1,000여 명의 사람들을 만났습니다. 청소년부터 은퇴 장년까지, 서로 다른 모양의 삶을 살아가는 이들에게 학업과 일이 바쁨에도 불구하고 기어코 시간을 내어 글을 쓰기로 결심한 사람들이었습니다. 그들에게 글을 쓰는 이유를 물었습니다.

"글을 쓰며 내가 누구인지 알게 되었어요.
숨이 벅찰 만큼 좋아하는 것부터
감추고만 싶었던 트라우마와 콤플렉스까지
전부 마주 보게 되었거든요.
글을 쓰는 시간은 내가 나로서
존재하는 유일한 시간이었어요."

수강생 S. 2019년 8월

서로 다른 지역과 직업, 나이를 가진 이들이지만 글을 쓰기 시작한 이유는 한 가지였습니다. 내가 누구인지 아는 것, 내가 나로서 존재하는 것, 그리하여 살아갈 힘을 더욱 단단히 다지는 것. 모두가 작가가 될 필요는 없습니다. 그러나 모두가 자기 자신을 이해하고 위로하는 힘을 가져야 합니다. 뜻밖의 고립을 마주했을 때 그 시간을 견뎌내는 힘을 기르기 위해, 내가 누구인지 증명하고 이해받기 원하는 욕구를 안전하게 채우기 위하여. 그리하여 언젠가 나를 읽게 될 누군가에게 용기를 전하기 위하여.

　　녹록하지 않은 삶으로부터 도망치고 싶다면 당신만의 한 뼘의 방, 언제든 환한 하얀 종이를 마주해 보세요. 쓰면 쓸수록 사라지지 않는 빛과 용기를 마주할 겁니다. 글과 함께 삶을 다듬어 나가기를 응원합니다.

마음을 담아, 가랑비

| 함께 쓸 결심 |

오늘도 에세이를 쓰기로

결심한 사람들

본 도서의 초판은 텀블벅 펀딩 프로젝트를 통하여 제작되었습니다. 후원자들의 결심을 담았습니다.

이다솜 ｜ 늘 남기고 기록하는 일상을 지내기를.

곽송비 ｜ 그토록 바라던 결말을 향해가는 여정.

권수진 ｜ 나의 이야기가 독자에게 울림이 되도록
　　　　　단단하게 배워보겠습니다!

김미리 ｜ 내 마음 속 단어가 더 쓰임 있어지길.

K ｜ 부끄러운 글을 쓰자.

임발 ｜ 언젠가 소설이 아닌 에세이를 쓸 수 있기를.

정한샘 ｜ 오늘의 기록이 단단한 나를 만들 것이다.

박준하 ｜ 시간을 들여 사색을 하자.

조윤희 ｜ 글을 쓰는 것에 더 큰 힘을 얻고 싶습니다.

김솔림 ｜ 일상을 보다 선명하게 기록할 수 있기를.

조상훈 ｜ 거울보다 더 선명하게 나를 조명하자!

강수희 ｜ 씀으로 나를 발견하였고
　　　　　비로소 내가 되었다.

준영 ｜ 꾸준하게 잘 쓰고 기록하는 일은
　　　　참 어려운데 너무 기대되는 책이에요

서정 ｜ 쓰는 삶, 그 벅찬 활동을 날마다 이어갑니다.

무이 ｜ 내일도 에세이를 쓰겠습니다.

이지혜 ｜ 오래도록 찾아 읽겠습니다

샛별 ｜ 계속 쓰는 사람이 되자.

김유라 ｜ 많은 것들을 써나갈 용기를!

조영준 ｜ 숫자로만 평가받지 않기를 바라며.

김민정 ｜ 단 한 문장이라도 매일 쓰겠습니다.

태민화 ｜ 건강한 심신을 위해 에세이를 쓰겠습니다.

김현진 ｜ 한 번에 한 걸음씩 나아가자.

정소나 ｜ 에세이 꼭 완성하자.

홍성민 ｜ 흐르는 시간에 후회를 남기지 않을 수 있
는 사람이 되기 위해.

이웅희 ｜ 차근히 잘 써볼게요!

느린 김병준 ｜ 느려도 좋아, 꾸준히 한 글자씩 써
내려가자.

시현정 ｜ 다음은 없다. 우리 모두가 알고 있는 사실.

석스타그램 ｜ 책을 한번 써보고 싶다는 막연함을
실행으로 옮길 작은 씨앗을 심어 봅
니다.

정현희 ｜ 따뜻한 햇살 같은 글쟁이가 되기를.
　　　　　　2023년 여름의 어느 날.

구인경 ｜ 그림을 그리듯 내 생각이 담긴 글을 쓰겠
　　　　　습니다.

김도윤 ｜ 오늘부터 나도 시작….

유현 ｜ 응원합니다.

김정훈 ｜ 쓰기를 멈추지 않는다면 내 우울도 나를
　　　　　이기지 못한다.

재언 ｜ 멈추지도 않고 숨이 차지도 않게!

고아라 ｜ 오늘의 마음을 쓰겠습니다.

정윤희 ｜ 기록은 기억이 되어 좋은 거름이 되기를

정은제 ｜ 나는 바다에서 피어나 깊고 넓게 사랑하
　　　　　고 싶어요.

김가빈 ｜ 내가 원하는 내가 되기를.

윤지희 ｜ 수없이 지나가는 날들을 기록하고 싶어요

박성모 ｜ 가보자, 끝이 어딜지라도……

박지현 ｜ 지현이의 멘탈케어 에세이집.

민경윤 ｜ 초보작가에서 실력있는 작가로 거듭났으면 좋겠네요.

이은정 ｜ 글쓰기를 무서워 하지 말고 이 책과 함께 이겨내보려 합니다.

클로버 ｜ 매일 쓰겠습니다

허준희 ｜ 평생 글을 쓸 수 있기를 바랍니다

성원 ｜ 포기하지말고 끝까지!

최유정 ｜ 글을 쓰는 사람이 되겠습니다.

이동희 ｜ 작가로 가는 한 걸음.

김경민 ｜ 어제보다는 나를 더 알게 된 오늘의 내가 있을 거예요.

레이 ｜ 하루에 하나는 꼭 쓰자! 나의 앞날을 응원해

이혜윤 ｜ 삶이라는 문장을 오늘도 그려보겠습니다.

하민혜 ｜ 쓰는 사람으로 살겠습니다.

문 ｜ 글은 세상에 내리는 뿌리다.

양승현 ｜ 당신의 책 친구는

안영아 ｜ 본연의 나를 잃지 않기

김종희 ㅣ 이제부터라도 조금씩 나를 써 남겨 보려고.

조형준 ㅣ 올해는 작가로 성장하기.

쇼이 ㅣ 미루지 않고 저의 글을 써보고자 합니다.

김수현 ㅣ 세상에 대한 사랑을 쓰는 사람이 되겠습
니다.

임정민 ㅣ 이로와

안혜빈 ㅣ 날마다 쓰는 행복 누리기

한혜원 ㅣ 이제는 써야만 해

정지우 ㅣ 나를 사랑하기 위해서

에리 ㅣ 에세이를 잘 쓰고 싶습니다.

소윤주 ㅣ 헤엄 (종이 위에서 유영하기)

조민경 ㅣ 책을 읽고난 후 좋은 영향력을 받고 꿈을
키우고 있을 제가 기대됩니다. 많은 것들
을 꾹꾹 녹여서 나눠주셔서 감사합니다.

이진희 ㅣ 올해 안에 꼭 출간하고 싶어요!

김원지 ㅣ 찬란하게 빛나는 우리의 하루를 오래 기
억할 수 있도록, 기록합니다.

봄봄 ㅣ 매일 더 나은 글을 쓸 수 있기를.

희희 ｜ 전하고 싶은 마음이 닿기를.

카이 ｜ 세상을 잇는 삶을 기록하겠습니다

변규남 ｜ 내일쓰면 안될까요? 따끔하게 한마디 해주
세요.

정정연 ｜ 글로 나를 표현한다는 것이 너무 어렵게 느
껴지는 요즘 이 책이 저라는 사람을 잘 표현
할 수 있도록 도움을 주리라 믿어요.

아이다호 ｜ 한때 문학소년이었던 까마득한 기억이 가
물가물하던 이때 만나는 가뭄에 가랑비같
은 반가운 에세이!

으니 ｜ 은수 ｜ 김동민 ｜ 박영민 ｜ 전소현 ｜ 그믐
김미나 ｜ 신준섭

당신의 첫 문장을 기다립니다.